GOBOOKS
& SITAK
GROUP©

GOBOOKS & SITAK GROUP©

三日月書版

三日月書版

死而復生
3
輕世代
三日月書版 FW238
YY的劣跡
illustrator 生鮮P

Re:
REVIVAL

Contents

陳霖
age:23
黑髮棕眸，面貌普通。
性格溫順，能夠很快適應環境。
突然來到幽靈世界的他異常順從著一切，
在服從的表面下，
卻醞釀著反叛的岩漿。

唐恪辛
age:?
黑髮黑眸，容貌英俊，眼角微微上挑。
在地下世界排位很高，
實力強大，被其他人所畏懼。
與外在冷酷形象不同，是個矛盾的人，
可以表現出文質彬彬的假象。
在遇到陳霖之前，
只是為了活著而活著的行屍走肉。

盧凱文
深棕色髮色和同色眼睛，身高175，
有雀斑，招風耳。
容易信賴別人也容易被人信賴，
有時即便故意裝作生氣，
別人也不會害怕。
偶爾也會有憂鬱的一面。
の淵から蘇る

阿爾法
金髮藍眸，身高183。
笑起來給人危險的感覺，
看起來是不易相處的性格。
死

Chapter 1

行動

既然選擇留下，那麼很多事情就要做好準備。

陳霖留下來，可不是為了陪這些人送死。

「那邊，注意那邊！小心點，哎，不要摔著她！」一批幽靈忙著將傷患送到安全地帶。

「對，就是這種樹，多砍一點回來，然後一端削尖，不然刺不動啊。」另一批人在砍樹伐木，做簡單的建設。

在陳霖的指揮下，無人島的海灘，頓時變得像熱鬧的施工現場一樣忙碌起來。

原本死氣沉沉的氣氛被打破，現在除了受傷不能行動的幽靈，幾乎每個成員都領到了各自的任務。

砍伐大樹、挖溝、收集莫名其妙的花草，還有搬運石塊等苦力活，一下子讓這個遠離大陸的孤島多了幾分人氣。在這裡幹活的幽靈們，被他們的臨時工頭盧凱文呼來喝去，忙得不亦樂乎。

這群走投無路的幽靈終於找到了在孤島活下去的方法，為此他們使出全部的幹勁，而這個大計的第一步，就是建立安全的臨時駐地。

不能太接近海邊，也不能靠近密林。陳霖思考了很久，最後還是在胡唯的建議下，選擇了一塊背靠懸崖，面朝礁石堆，左面環海的高地作為駐地。

接下來要做的就是挖壕溝，收集食物，做好駐地的初步防禦工事，這樣在天黑之前，他們才能湊足足夠的力量防禦密林裡的野獸。

「兩位軍師大人。」盧凱文一溜煙地跑過來，「還有什麼吩咐？」

食物、防禦、傷患轉移，一切準備就緒。陳霖按照唐恪辛的囑咐，做完了第一階段的準備。

「接下來只要按部就班就可以。」

陳霖看著駐地周圍正在建設的防禦工程，一排排削尖的木刺，一端綁在陷阱繩上，一段埋伏在暗處。萬一有野獸襲來踩中陷阱，這些利箭會立刻彈出，將野獸射個對穿。還有從懸崖下和礁石邊搬來的石塊，利用槓桿原理製作簡易的投石機。除此之外，還有很多適合在野外設置的防禦，不一而足。

這些簡陋的防禦裝置，都是陳霖從唐恪辛那裡請教來的。

「還有一點，不要忘了。」胡唯這時插嘴，指了指上方，「注意天氣。」

不說這個，陳霖差點都忘了，上次他們就是吃了海嘯的虧，這次要是再不注意天氣的變動，說不定還會造成損失。

可是這裡既無法與外界取得聯繫，又沒有天氣預報，怎麼能預知海島附近千變萬化的氣候呢？

胡唯和盧凱文兩人同時看向陳霖，齊聲道：「你有辦法吧？」

陳霖無奈道：「我又不是萬能的。」

「可是這些方法不都是你想出來的？連我都沒想到，你竟然這麼精通野外生存。」胡唯勾起唇角，意有所指道，「既然已經有了一個驚喜，不妨再給我們第二個，如何？」

盧凱文沒頭腦地附和道：「是啊，是啊，陳霖你簡直是上知天文下知地理，姜太公再世孔明投胎，一點小小的天氣問題肯定難不倒你！」他看著陳霖，「還是說，你現在算不出來，要等到晚上夜觀天象才能得知答案？」

「夠了！」陳霖無力，「好了，我會努力想辦法，先讓我一個人待著。」

遠離糊裡糊塗的盧凱文和幸災樂禍的胡唯，身負重任的陳霖獨自來到角落，趁著左右無人，發了一個訊息出去。

「有沒有辦法預測孤島的天氣變化？」

他的求助對象只有一個，比起盧凱文把他當成哆啦A夢，陳霖才真的是將唐恪辛看做無所不能。

且說另一邊，收到求助訊息的唐恪辛，原本正準備回覆，卻遇到了一位不速之客。

「喂——下面那個誰，讓一讓！撞死不賠啊！」

唐恪辛的隊伍正在沙漠中行軍，突然聽到一聲呼喊從高空傳來，還越來越接近。

幽靈們茫然地抬起頭，只看到一個小黑點從幾十米高的直升機中落下來。

這個高空來客沒有攜帶降落背包，就在眾幽靈等著看他被摔成肉餅，即將落地的一瞬間，來者眼疾手快地用力拋擲出一個黑色背包。

在高溫下，扔出的物體迅速膨脹成大型氣墊，與此同時，躍下的人背部馬甲彈出一個小型降落傘，為他緩衝了幾秒，接著砰的一聲，他整個人重重砸在了氣墊上。氣墊深深凹陷，又在瞬間彈了起來。

簌！

一陣塵埃飄揚，而塵埃散去後，一個身影穩穩地站在沙地上，毫髮無損。

完美著陸！

阿爾法滿意地撣了撣身上的沙塵，看了已經報廢的一次性緩衝墊一眼，不顧周圍幽靈詫異驚恐的視線，徑直走向唐恪辛。

「嗨，幾日不見，情況怎樣？」

此時唐恪辛頸中的暗藏通訊裝置嘀嘀響了兩聲，是陳霖發訊息催促了，可阿爾法在這裡礙事，他不能立即回覆。

唐格辛沒有理會這個以驚人方式出場的不速之客，直接對一邊還在發呆的幽靈道：「注意力不夠集中，再加兩個小時負重跑。」

沒有幽靈敢抗議，只能默默忍受著高溫和唐格辛的雙重折磨。

「真是的，對待新手要溫柔，你怎麼能這麼殘酷地對待他們？」阿爾法看著幾個脫力昏厥的幽靈，嘖嘖搖頭，渾然沒有意識到自己才是罪魁禍首。

唐格辛把他當透明人，完全不理睬，從包裹裡撈出一個黑色金屬外殼的筆記型電腦。打開這個只有巴掌大的筆電，唐格辛竟然搜索到信號，開始上起網來。

大老遠跑來的某位，自然不甘心收到忽視。

「喂，我說訓練才到一半，你就跑過來上網，太不負責任了吧。怎麼能就這麼丟下你手下可憐的學員們不管呢？小辛，七號，糖糖？」

不知是被他煩怕了，還是被那些越來越古怪的稱呼噁心到，唐恪辛終於抬頭賞了他一個白眼。

「有空在這裡煩我，怎麼不回你自己該待的地方去？」

「呵呵，我可是全部事情都搞定了才過來的。」阿爾法道，「對於我那些可愛的學員們，我為他們安排了很適合的訓練，十分妥當、安全，保證他們會得到各方面的鍛鍊，萬無一失！」

「是嗎？」唐恪辛不在意道，「把他們丟在一邊不管，就是你的訓練方式？」

阿爾法笑了：「山人自有妙計。比起這個，我才想問你，關於上次被我逮到的那個傢伙，你有沒有別的消息？喂！怎麼又無視我，虧我大老遠地跑一趟！」

「忙。」

唐恪辛手指翻飛，上網上得不亦樂乎。

「忙什麼？」阿爾法湊過去看，「各海域的天氣變化，你查這個做什麼？」

「有用。」

「做什麼用？」

唐恪辛又不說話了，阿爾法一陣無奈。

「你查這些天氣預報也沒有用，還不如問我。」

「問你？」

見唐恪辛終於轉過身來，阿爾法道：「相信別人是不可靠的，自從被天氣預報坑了好幾次後，我練就了一雙火眼金睛，夜觀星象，日觀氣象，大致能判斷出幾日內的天氣情況，這可是獨家祕訣！」

唐恪辛白了他一眼，根本不相信。

「哈，你不要不信，我是有依據的。」

「說來聽聽。」

「嗯，你想白學？算了，反正我也有事要找你，你聽好了……」

從阿爾法那裡套到他的獨家祕訣後，唐恪辛闔上隨身電腦，終於肯正眼看他。

「找我什麼事？」

「其實是關於上次任務的事情，還有一些後續……」阿爾法鬆了口氣，這個大忙人總算肯和他說話，連忙說起正事。可是在他看不見的地方，唐恪辛已經將剛才的那些「祕訣」，悄悄地通過另一種方式，傳遞了出去。

無人島上，陳霖看著收到的長長一大串訊息，關於如何根據星象和雲層的變化辨別幾日內的天氣，有些目瞪口呆。唐恪辛真的這樣無所不知？而且也太高效率了。

然而緊接著，他翻到了訊息的最後一行。

「以上情報，阿爾法獨家贊助。」

陳霖當場愣住了。

半個小時後，盧凱文他們在天黑之前總算找到了陳霖。

「怎麼樣，有結果了沒？看得出來這幾天天氣會有什麼變化嗎？」

陳霖看著東北方的雲層，感受著風向，現學現賣道：「明天應該會有小雨。」

「不是吧！你真的知道？我只是開玩笑問問的啊！」盧凱文目瞪口呆，就連胡唯也是一副吃驚的樣子。

陳霖扭頭看著漸漸沉下去的夕陽，以及天空中被染紅的雲彩，悠悠道：「不是我厲害，這些都是阿爾法教官的功勞。」

「關他什麼事，那傢伙不來搗亂就不錯了！」

第二天真如陳霖所說，孤島上下起了小雨。
自那以後，所有幽靈都知道陳霖能夠看雲識天氣，頓時對他佩服起來。
唯獨當事人自己，默默感嘆了一句。
有時候真相，還是不為人知的好。

Chapter2

奇蹟

淅淅瀝瀝的雨滴落在沙灘上，不一會就滲入了砂礫中，不見蹤跡。

小雨漸漸變大，像是有個無形的人從天空垂下一道輕薄簾幕，將夜色與森林都籠罩在內。在營地外巡邏的幽靈出神地看著這一幕，而在他身後的黑暗之中，似乎有什麼在悄悄接近。

「今天收穫怎麼樣？」

營地的另一邊，緊靠海岸的一側，剛從海上回來的捕魚小隊，受到了伙伴們的親切問候。

「有沒有抓到螃蟹啊！」

「我想吃的昨天的那種魚，還有嗎？」

一群幽靈擠在一塊，原本冷漠的幽靈們，最近似乎也變得越來越有人氣了。

會關心今天的食物，會與外出捕獵的同伴打招呼，這些對普通人來說看似簡單的事情，在地下世界卻鮮少發生。

在地下，每個幽靈都奉行著獨善其身的原則。而在這座無人島上，不知是擺脫了一層束縛，還是這幾天來患難與共的原因，幽靈們罕見地再現了團隊的氣氛。

「還行吧。」營地門口，一名出海捕魚的幽靈回答，「今天收穫比前幾天好多了，畢竟這幾天捕魚下來，大家都有經驗了嘛。」

這群參加特訓的精英們，都快被海島上的生活訓練成專職漁夫了。

海邊捕魚小隊回來後，就是午飯時間，這時一位本該負責巡邏的幽靈卻臉色大變地跑過來。

「不好了！我們去接班的時候，前一班的巡邏小組不見了！」

聞言者均面露詫異之色。

「怎麼回事?」

「快點去告訴隊長他們!」

原本緩和的氣氛一下子緊張起來,每個幽靈都繃緊了神經。

礁石堆處,陳霖、盧凱文和胡唯正聚在一起商議,就見一個幽靈喘著氣跑過來。陳霖見狀,立刻詢問:「發生什麼事了?」

「前、前一隊的巡邏小組失蹤了!就在剛才!」

「失蹤,一個都沒回來?」陳霖蹙眉,「有誰去檢查過了嗎?」

「在附近查過了,但是沒有隊長你的命令,我們不敢進林子裡探查。」那個幽靈對陳霖道。

這群幽靈口中的隊長,指的就是陳霖。

一開始只是胡唯調侃陳霖的小玩笑,沒想到被盧凱文聽到了,結果不到片刻就在整個營地傳開。尤其在陳霖露了幾手後，這個稱呼就變得正式起來。

到現在，整個營地的幽靈都願意聽從他的安排，心甘情願地稱他為隊長。在這個遵從叢林法則的世界，陳霖憑藉著唐恪辛的幫助，加上自身累積的實力，很快地得到了這些幽靈的認可。

現在出事，大家第一時間想到的，自然也是陳霖。

「好，不要擅自行動。」陳霖聽過大概情況後，神色微凜，「我去看看情況，其他隊伍在營地待命，做好警戒。」他說著，就向營地外的巡邏路線走去。

「你自己一個人去？」盧凱文擔心地攔住他，「我陪你一起——」

他話還沒說完，就被胡唯拉住。

「你去?你去只會成為他的拖累。讓他自己去吧，別小看他的身手。」

「可是……」盧凱文還在猶豫，陳霖已經走遠了。

陳霖邁著大步走向沙灘與密林的交界處，陰暗的天色下，森林成了一片黑色的陰影，再靠近一點，可以看見林邊的灌木叢裡有東西在晃動。

他在安全距離外停下腳步，一邊調整呼吸，一邊小心翼翼地打量四周。

這裡似乎沒有異樣，一切如常，只是缺了巡邏幽靈的身影。

地上有一行腳印，是從營地方向延伸過來的，但是腳印突然斷了，像是憑空消失一般。陳霖注意到在最後的幾個腳印附近，有凌亂的痕跡。

他屏住呼吸，藏在袖裡的匕首悄悄滑入手心。

裝作沒有發現，陳霖轉身，做出準備回去的模樣。

就在那一刻，灌木晃動了一下！

登時，陳霖背身朝著身後精準地一揮，刀影閃過，一條黑影從空中無力落下。

啪啦！

沙灘上濺出一條血痕，熱血灑在沙粒上，還帶著餘溫。

「嗚嗚嗚——！嗷嗚嗚！」

野獸的吼聲從四處傳來，見到同伴遇難，躲在密林中的野獸全都顯露了身形，對著陳霖露出尖牙吼叫。

這是一群野狼，和動物園裡被馴養的狼不一樣，牠們雖然因為饑餓而消瘦，體型卻更大，眼眸裡閃爍著好似要吞噬人的光芒。這是一群真正的獵食者，位於食物鏈頂端的獵手！

陳霖注意到，有些狼的犬齒上沾染著血紅的痕跡，聯想到不見蹤影的巡邏幽靈，他的心漸漸沉了下去。那些失蹤的幽靈，很可能已經成了這群野獸的果腹之物。

「呿。」陳霖吐了一口吐沫，發洩心中的煩躁。

那一聲聲隊長可不是白叫的，不知什麼時候，陳霖也將看護好這群幽靈的責任扛在了自己肩上，想到隊內成員落得成為野獸食物的下場，他心裡就冒出了一堆火氣。

一隻、兩隻、三隻……更多的野狼靠近，牠們看著陳霖的眼神都泛著貪婪的綠光。

「可惜，我不打算成為你們的食物。」腳尖使力，被狼群包圍前陳霖衝向離他最近的狼。

野獸對於自投羅網的獵物毫不客氣地張開了血盆大口，然而迎接牠的不是美味的鮮肉，卻是尖銳的刀鋒。

將匕首砍進狼嘴，陳霖全力灌注於右手。

「呵！」大喝一聲，匕首撕裂狼嘴，將牠的腦袋一分為二。

原本嚎叫的野獸瞬間變成一具被劈開腦門的屍體，跌落在地。

血腥的場面似乎鎮住了蠢蠢欲動的狼群，牠們圍著陳霖低吼，卻沒有哪隻率先衝上前。

傻瓜才會做一人對一群狼這樣的蠢事，陳霖還沒自信到以為自己的身手像唐恪辛那樣怪物。他握著匕首與狼群對峙，同時卻在悄悄地向後退。

等退到一定距離的時候，陳霖抽身即撤！

身後的狼群嚎叫著追了上來，陳霖向著營地飛奔，揮手大喊。

「關門！快關上！」

營地只有一面對著沙灘，可以容人進出，其他三面分別是懸崖、大海和礁石灘。迎著沙灘的這面，周圍用兩公尺高的樹幹緊緊綁在一起，組成一道不可逾越的圍牆。即使是狼群，一旦唯一的出口關上，也沒有辦法攻破這道圍牆。

然而駐守大門的幽靈們卻猶豫了，沒有第一時間聽從陳霖的命令。

陳霖明白他們為什麼猶豫。

「不要等我！現在就關上，這是命令！」

聽著陳霖嚴厲的呵斥，幽靈們很快將出口堵上。就在所有幽靈都在擔心他的安危時，這位隊長竟然又下了另一個匪夷所思的命令！

「放箭！」

怕他們不聽從，陳霖又大吼一聲。「放箭，對著我，齊射！」

「等等！」站在營地內高臺上的盧凱文立即阻止，「他瘋了嗎？他會被射死的，不准放！」

幽靈們手足無措。

去。

就在這時，胡唯走上高臺，第一個拿起製作的簡易弓箭，對著陳霖射了出去。

「你瘋了!你要殺了他嗎?」盧凱文衝過去大喊。

「按照隊長說的做。」胡唯一把推開他，冷冷道，「立刻放箭!」

盧凱文急紅了眼，「胡唯你這個混蛋!」

「你才是笨蛋!壓住他，別讓他搗亂。」胡唯對其他幽靈道，「聽我的命令，第一輪齊射，預備，放!」

數十枝樹枝削成的粗略箭矢齊齊射出，直朝陳霖而來。

「啊啊啊!」盧凱文張大嘴，驚得話都說不出來，他閉上眼，不忍心看陳霖被亂箭射穿的一幕。

「第二批準備，對著隊長身後一步距離，放!」

「第三批，聽我命令……」

然而幾秒後，他聽見的只有胡唯冷靜的命令聲，並沒有他想像中的慘叫。

盧凱文小心翼翼地睜大了眼，卻看到更驚異的一幕。

只見陳霖在亂箭中穿梭自如，身子靈活如狡兔，那些箭矢也跟長了眼睛一樣，雖然靠近，卻從沒有射中他。在亂箭之中的陳霖甚至還有空抽身回去砍一刀。

這、這簡直就像是在拍電影一樣的特技動作啊！

胡唯看著目瞪口呆的盧凱文，道：「就說了，別太小看他。有一個那樣的A級室友，你以為他身手會差到哪去？還是說，你認為我們這批經過訓練的幽靈，連射箭都找不著準頭？」

「我、我，他……」盧凱文語無倫次，「你們早就商量過了？」

這一躲一射，精準無比，完全就像是兩方事先排練好的陷阱。

「沒有。」胡唯道，「默契而已。」

他說著，看著在亂箭下靈巧躲閃的陳霖，腦袋裡不知在想著什麼。

很快，狼群死傷眾多，加上多日沒有進食體力不足，逐漸在陳霖的刀鋒和幽靈們的弓箭前敗下陣來。一隻頭狼仰著頭嗷嗚一聲，剩下的野狼們戀戀不捨地看了充滿著「食物」的營地一眼，轉身，離去。

這群野獸的秩序堪比最優秀的軍隊，在狼群領袖的帶領下，迅速鑽進密林消失不見了。

而外面的戰場則是一片狼藉，只有陳霖一人站在紛亂的沙灘上，好像獨守沙場的將軍。

幽靈們愣愣地看著那個筆直的身影，半晌才反應過來。

出口再次打開，這次不需要陳霖的命令，數名幽靈奔出營地向他跑去。

「隊長！」

「隊長，你沒事吧？」

盧凱文也連忙飛奔過去，只有胡唯慢條斯理地走在最後。

他看著圍在陳霖周圍的幽靈們，想，就在幾天前他們還是一副死氣沉沉的模樣，現在卻在和狼群惡戰一番後，還能這麼有精神。

將一群毫無生氣的幽靈凝聚成一個集體，並為同一個目標而努力，這是在地下世界想也不敢想的場景。如今，陳霖和盧凱文共同創造了這個奇蹟。

盧凱文的熱心、凝聚力，陳霖的果斷、冷靜和指揮能力，哪怕是缺少其中一項，這支隊伍就無法變成現在這樣。而這，就是胡唯一直在等待的奇蹟。

就在一群幽靈紛紛歡慶勝利的時候，天空上傳來一陣轟鳴，那是直升機機翼轉動的巨大響聲。

「小夥子們，日子過得還不錯嘛！」

一道聲音打斷他們的慶祝，所有幽靈抬頭，看到了一張笑得十分欠扁的面孔。

阿爾法，回來了。

Chapter 3

變態與小紅帽

「阿爾法，你這個臭小子，給我回來！」

一雙大手死死地揪著少年的耳朵。

「快說，這是不是你幹的好事！」濃妝豔抹的女人指著打翻了一地的化妝品，對少年罵道。

少年沉默不出聲，像一個不會說話的倔強玩偶。

「你這個討債鬼！老娘上輩子是造了什麼孽才生了你這小雜種！」女人看著他就氣從心來，又心疼摔碎的昂貴化妝品，鋒銳的指甲在少年臉上劃開一道道血痕。

阿爾法忍耐了許久，忍不住伸手擋了一下。

「你擋！你還敢擋？我養你這麼大，供你白吃白喝，你竟然這麼沒良心！小雜種，當初就不該把你生下來！」

女人尖叫著，手下的力道也隨之增加。

或許明白了，無論還手還是沉默，這個女人都需要在他身上發洩怒氣，在這之後無論那女人怎麼罵怎麼打，阿爾法都只是靜靜地站著，不吭一聲。只有那雙灰色的眼睛，沉默地注視著廝打他的女人，眼裡像有安靜的火焰在燃燒。

女人被看得發怵。

「你看什麼，小雜種！就是這雙眼睛，和你那混蛋老爹一模一樣，他害老娘一年不能做生意，自己跑得沒影了，我還得養你這個賠錢貨！要是生個女兒還能給我賺錢，哪知你是個帶把的！你有什麼用啊？你說，不能為老娘賺錢，生你這個小畜生有什麼用！」

一次比一次惡毒的辱罵、施加在身上的暴力，阿爾法卻像是根本感受不到這一切。除了最開始抵擋的那一下，他無動於衷，好像是一個木偶。

他灰色的眼睛偶爾投注到地上，看著摔碎的化妝品，那屬於女人的心肝寶貝，心裡竟然隱隱有一絲快感。

這個女人，這個名義上是他親生母親的女人，每天花數個小時坐在梳粧檯前，又花更多的時間去討好男人，只為享受一剎那的歡愉。她在人前有多光鮮亮麗，在人後就有多惡毒殘忍。

阿爾法已經十歲了，從來沒有去過學校，也沒有吃過一頓飽餐。他不被允許走出家門，每天只以女人的殘羹剩飯為食，女人不高興了，還要拿他出氣。阿爾法不像是她的兒子，更像是她養的狗，不，或許當一隻狗都比當這個毒婦的兒子更輕鬆。

地獄般的日子讓阿爾法再也無法忍受，他想尋找一個盡頭，哪怕這個盡頭就是絕路，也比繼續熬下去好。所以今天他故意打爛那些化妝品，就是為了惹怒女人。

果然，心疼昂貴化妝品的女人徹底瘋掉了，她的怒火讓她忘記了自己打罵的只是一個十歲的孩子，一個嚴重營養不良的孩子。

阿爾法漸漸失去了知覺，女人歇斯底里的咒罵聲也越來越遠，他卻從心底感覺到了一種快感。看著別人因為自己而氣急敗壞，似乎帶給他不同一般的樂趣。

這就是他的報復！雖然傷敵一千自損八百，卻讓阿爾法第一次體會到了報復的快感。年幼孩子灰色的瞳孔裡閃爍著詭異的光芒，眼睛眨也不眨地看向對他施暴的女人。

毆打著阿爾法的女人，眼裡漸漸凝聚起恐懼。明明她才是肉體上的施虐者，可是看著這個無動於衷的小孩，她的精神卻先敗下陣來。

阿爾法突然對她笑了一下。

女人愣神，隨即驚恐地叫道：

「你這個怪物！」

那一天阿爾法學會了一件事，原來凌虐人的心靈，更勝於凌虐人的肉體！只有在這種時候，他心裡翻湧的黑暗才會平靜一些。

這樣入魔一般的想法伴隨著阿爾法漸漸長大，給周圍的人帶來了難以預料的麻煩。就在他的未來註定不是殺死別人，就是被別人殺死時，有個人來到他面前，問他——

「既然在人類的世界已經活得厭煩了，你想要去地獄嗎？」

不知為什麼，那一刻阿爾法有種預感。

更大的快樂，正在前面等著自己。於是，他欣然接受了自己新的命運——

成為一個只屬於夜晚的幽靈。

匡噹，匡噹。

機翼的轉動聲，讓淺眠的阿爾法甦醒，他睜開眼，視線內是鐵鏽色的機艙。那些僥倖活下來的受訓學員們擠在機艙的一角，正抓緊時間補眠。從孤島被接回來的他們，並不知道下一關等待自己的是什麼。

阿爾法視線轉一轉，看到了在角落睡著的陳霖。

這個傢伙。

阿爾法呢喃，輕笑了一下。

他做了一個很久沒有回顧的舊夢，也是拜這人所賜呢。阿爾法收回看向陳霖的視線，微微掀起唇角，輕嘆。

「是個好夢啊。」

就是這場夢中發生的事情，讓他找到了自己存在的意義，讓他發現了自己真正的樂趣是什麼。

這十幾年來，他一直按照自己當初定下的路線前進，並且越來越快樂。不過陳霖的出現，卻是一個意外。

首先，阿爾法肯定自己絕對不喜歡這個小子。

為什麼？

第一，這麼弱小的傢伙竟然是小辛的室友，而且唐恪辛似乎對陳霖頗為不同。這讓阿爾法不爽。在他看來，唐恪辛不該有任何牽掛和軟肋。對於這點，唐恪辛之前一直都完美履行，這個陳霖的出現，卻開始漸漸融化冰山的一角。

其次，阿爾法不喜歡破壞了自己計畫的傢伙。

按他完美又無比合適的訓練計畫，這支被扔在孤島上的隊伍，最後應該陷入崩潰邊緣，互相廝殺不剩幾個活口。然後他會在最關鍵的時候出現，欣賞這些有趣實驗品的絕望表情，並給他們親自上一課。

這本該是多麼完美的計畫，現在卻被陳霖打破了！想想他在孤島上看到了什麼，相親相愛的一家人？

阿爾法感到不滿，他是真的不喜歡陳霖。

當然，還有另一個阿爾法自己都不願提起的原因。

在看似普通的陳霖身上，阿爾法嗅到了同類的味道。那是可以為了自己的存活放棄其他人的生命，可以為了自己的快樂而碾壓其他人的幸福，屬於自私者的味道。

在看到陳霖的第一眼，阿爾法就發現陳霖也是這種人。即便連陳霖自己都沒發現在他體內潛藏著這樣一隻惡魔，阿爾法還是一眼就看出來了。

可是陳霖沒有像阿爾法想像中那樣變化，這讓他更加不快！

這個明明該和自己一樣的傢伙，假惺惺地裝什麼老好人？在他偽裝身分加入陳霖的隊伍失蹤時，陳霖竟然還打算前來營救他？

笑話，他需要這種不堪一擊的傢伙救嗎？

和盧凱文那種天然的聖父不同，阿爾法更加討厭的是陳霖這樣明明該墮入深淵，卻假裝自己是好人的傢伙。

「教官，你一直盯著我看，是我臉上開花了嗎？」

陳霖突然睜開眼，看向阿爾法。

「還是教官有什麼難以啟齒的癖好？」

呵呵。

阿爾法溫柔一笑，吐出的話卻讓人恨不得宰了他。

「有啊，我最大的樂趣，就是看著弱小的傢伙自取滅亡。」他臉上笑意吟吟，「不清楚自己定位的傢伙、不自量力的傢伙，活在世界上都是在浪費空氣。如果有些人只憑一張小白臉一樣的臉蛋，就自以為能生存下去，是不是太天真了呢。」

陳霖淡淡地點了點頭，贊同道：「很高興您與我有一樣的看法。尤其我覺得那些擅自評價別人的人，有時候對自己的不自量力並不自知。您覺得呢？教官。」

阿爾法瞇了瞇眼睛。

「很有趣的見解。」

「您喜歡就好。」

其他幽靈都在呼呼大睡，陳霖和阿爾法明裡暗裡的唇槍舌戰，完全不用擔心傳進第三人的耳朵。

「對了，說起小白臉。我認為像教官這樣混血的面孔，比起一般的小白臉更有吸引力，這也是教官戰鬥的本錢之一嗎？」

啪嗟！

身後不知哪個金屬物被阿爾法生生捏斷，然而他面上仍然笑容爽朗。

「你的性格還真是扭曲啊，對教官說這種話，不怕被暗算？」

「當著學員的面說要暗算學員的教官才是奇葩吧。」陳霖道：「而且就算我不挑釁，你就不會暗算我了？」

阿爾法誠懇地點頭：「有道理。」

陳霖不說話，他早就猜到了。

對於以折磨別人為樂的傢伙，變態才是他的常態，對此多說也沒用。這個性格詭異的阿爾法，簡直是陳霖有史以來遇到的最令人頭痛的傢伙，要不是還有唐恪辛幫忙，他早不知道死在這變態手中多少回了。

正想著，耳邊突然傳來某人雀躍的聲音，原來是直升機開始降落。

阿爾法站起身，對著窗外拚命揮手，大喊。

「親愛的小辛辛！你來特地接我，真是讓我太感動了！」

陳霖跟著起身，從直升機機艙的舷窗向外看。

只見幾十米遠的地面，正站著幾個黑衣人影。其中為首蒙著面巾抬頭朝上看的傢伙，即使不看臉，陳霖也能一眼認出來。唐恪辛，他的室友兼超級外掛。

唐恪辛似乎看到了陳霖，朝著這邊微微點了點頭。

「啊啊！真是太熱情了，小辛竟然這麼熱情地對我打招呼，真是，多不好意思！」

耳邊傳來阿爾法那個變態自作多情的聲音，陳霖一陣無語。

而另一邊，唐恪辛注視著緩緩降落的直升機，視線一直凝聚在某一點。自從分組開始，他心裡已經持續將近一個月的暴躁感，似乎正在漸漸平復。

陳霖，終於又回到了他可以掌控的地方。

Chapter4

第二次任務

原本將近兩百名的新晉幽靈，第一輪特訓結束後，竟然剩下不足八十，淘汰率高達百分之七十，即便如此，這個數目仍舊不是教官們所期望的。接下來的訓練，這八十個幽靈能剩下二十個，就已經是很不錯的成績了。

這句話，阿爾法當著所有倖存者的面告訴了他們。

陳霖著陸後，就一直在思考這個問題。

四分之一的存活率，四分之一的勝率，只有堅持到最後的幽靈才能脫穎而出，完成蛻變。陳霖的目的不僅僅是成為那四分之一，在第一關通過之後，他產生了別的想法。

「隊長。」

「隊長！」

從直升機上下來，陳霖身邊圍了一群幽靈，都是之前在孤島上和他合作的同伴。

這些幽靈對陳霖產生了一種信賴，在到達陌生環境時，第一時間就圍在了他身邊。這既是一種信任，也是一種保護。

只存在爾虞我詐的地下世界，這種信任的表現簡直是就像黑夜裡的太陽一樣醒目，也格外刺眼。

陳霖他們小隊之外，其他分隊參與訓練的幽靈此時都是三三兩兩地站著，更多的是獨自一人待著。

阿爾法也注意到了這一點。

「哦，不錯嘛。」阿爾法吹著口哨，對身旁的唐恪辛笑道，「我該說不愧是你的室友嗎？籠絡人心的手段十分高明。」

唐恪辛把他的話當耳邊風。

阿爾法不依不饒，繼續道：「不過該說是他笨，還是愚蠢？把自己弄得這麼醒目，可是最容易遭人嫉恨和下黑手。」

阿爾法有些幸災樂禍。

「希望他們能過順利通過這一輪測驗。」

唐恪辛何嘗不是這麼想？當看到陳霖眾星拱月般出現的那一刻，原本舒展的眉頭又緊蹙在一起。

這支隊伍實在太過顯眼，太過與眾不同了。不知是經歷了怎樣的蛻變，現在看起來，他們與周圍的幽靈有著涇渭分明的天然界限。

他們生氣勃勃。

生氣，這個詞在地下世界並不意味著希望，反而代表危險。

用一句話來形容，就像是在這個充滿著各種欲望的野獸世界裡，突然多了一群狼。狼群彼此合作，也彼此信賴，他們團結一致，幾乎能擁有匹敵其他野獸的力量。

但是，如果這只是一群小狼呢？

擔心自己受到威脅的野獸，肯定會在第一時間將還沒成長的狼群吞噬入腹吧！

唐恪辛看著那個被許多隊友團團圍在中間的傢伙，心頭不快。這個愚蠢的傢伙，招惹了麻煩還不自知。

見陳霖只顧與周圍的隊友說話，根本沒有看自己一眼，唐恪辛斜了一眼，逕自走到一邊。

唐恪辛突然轉身離開，阿爾法有點摸不著頭腦。

怎麼？這位一會兒高興一會蹙眉的，誰惹著他了不成？

「哈啾！」

陳霖揉了揉鼻子，感到一陣寒意從後背襲來，不由得揉了揉肩膀。

「感冒了？」盧凱文靠近，伸手探了探他額頭的溫度。

陳霖不太習慣太過親近的距離，正想躲開，卻見盧凱文身形一僵，自己先將手縮了回去。

「不知道為什麼，剛才突然渾身發冷。」抱著雙臂搓了搓，盧凱文訕訕道，「該不會我也感冒了吧？」

「呵呵。」

坐在一旁的胡唯，發出意義不明的笑聲。

他們此時正和其他倖存的八十多個幽靈一樣，席地坐在這間封閉的大倉庫，而倉庫的高地上站著幾名教官。

幽靈們有些摸不著頭腦，他們之前被黑布蒙住眼睛，不知輾轉換了多少個交通工具才來到這裡，一來就被關進倉庫內，誰都不知道教官們在賣什麼關子。

「喂，可以開始了。」

聽到身邊的提醒，唐恪辛這才收回視線，不再看著底下某個方向。不過他此時比以往還要冷硬的表情，顯現出他的心情並不算好。

阿爾法識趣地沒有在這種時候開他玩笑。

唐恪辛站起身，走到所有幽靈學員的正前方掃視了一圈，目光撇到某個傢伙，但是沒有多作停留。

「第二輪訓練，只會留下二十個合格者。」一開口就直奔主題，唐恪辛道，「失敗者的下場，只有死亡。」

即便是冷漠的幽靈們，聽到這句話也不由得驚呼。

「不要通過了第一關就心存僥倖或沾沾自喜，即使你能通過所有的試煉，也只是有了繼續活著的資格而已。」不知道是在告誡誰，唐恪辛的語氣嚴肅。

「第二輪特訓採什麼機制，會是怎麼淘汰我們？」底下有人舉手發問。

唐恪辛看去，只見是一個最近跟在陳霖身邊形影不離的傢伙，名字叫什麼早就忘了。

他沒工夫去記這些小人物的名字。

「該知道的時候你就會知道。」

被瞪了！胡唯悻悻地放下手，唐恪辛那一眼幾乎像是要把他剝皮一樣。不過隨即他嘴角露出一抹微笑，幸災樂禍地看了陳霖一眼。

陳霖被他盯得莫名其妙，只能回瞪回去。

他們這一番表現在唐恪辛眼裡看來，卻更像是眉目傳情，於是乎，心情更不好了。

「明天會正式下達任務，在此之前誰都不許離開這裡半步。」

唐恪辛甩下一句扭頭就走，卻是一直走，一直走，徑直離開了倉庫。

看來他的「誰都不許」裡面，並不包括自己。底下的幽靈們小聲議論，似乎有些不滿，這時候，就該是阿爾法出場了。

阿爾法道：「當然如果你想挑戰我們的耐心，不妨親身試試。我保證，會讓你們擁有回味無窮的美好體驗。」

看著阿爾法的笑容，底下的幽靈們齊齊打了個寒顫。尤其是曾經被他帶過的那一隊，對這位惡趣味的教官有更深的瞭解。

看著靜若寒蟬的學員們，阿爾法滿意地微笑。

「放心，這次的任務你們一定會很喜歡。」哼著不明的調子，阿爾法帶著其他幾位助理教官離開了，心情似乎不錯。

陳霖的視線一直跟著他，或者說是看著跟在阿爾法身後的那幾位助理教官，老么就在其中。似乎注意到了陳霖的視線，老么輕輕對他搖了搖頭，像在告誡什麼。

那是什麼意思？直到所有教官都離開了倉庫，陳霖還沒有猜透老么的用意。

自從進入這間倉庫以來，他心裡一直隱隱感到不對勁，這種不穩的心緒和被阿爾法拋棄在無人島時一樣。

對了，說起不對勁，今天還有另外一件事情不同尋常……陳霖直接看向手腕，通訊器上顯示未讀訊息為零。

已經快中午了，唐恪辛竟然一條訊息都沒發過來。

雖然他本人剛剛離開，但按照之前的習慣，即便和陳霖面對面站著，他也不會忘記每天三次的訊息騷擾。

陳霖發現，或許真正造成自己心緒不寧的主因在這裡。

唐恪辛，難道不打算理他了？

心頭突然湧上一種難言的情緒，陳霖盯著手環許久，終於下定決心，主動發出訊息。

這是兩人有了聯繫方式後，陳霖第一次不是為了求助，而是單純為了聯繫唐恪辛而發送訊息。

倉庫外，唐恪辛一個人走在大道上。這是一條狹長的石子小路，道路的盡頭，一條不為人知的飛機跑道掩藏在山陵之間。

若是從半空中俯瞰，就會發現幽靈們聚集的倉庫被森林掩蓋，幾乎難以發現，而更多不為人知的設施設備，則掩藏在更深的山林之中。就算用近地球軌道上的衛星探查，也只會看到一座又一座連綿的山峰。

這是個十分隱密的軍事基地。

唐恪辛如入無人之境地走在高度保密的軍事基地內，偶爾路過駐守的士兵，對方看到他身上的衣服後，就沒有上前詢問。

或許唐恪辛那冷得像冰一樣的神色，也是讓他們不去打擾他的原因之一。

誰都能看出，這是一個心情惡劣的大殺器，誰敢去招惹他？

不過總歸是有大膽不怕死的傢伙，就比如從後面跟上他的某位二號先生。

「走這麼快幹嘛，急著投胎嗎？」阿爾法抱怨道，「還是你肚子餓了？也對，該吃飯了，不如我們一起去餐廳？」

唐恪辛無視他，特地朝與餐廳相反的方向走去。

「喂喂，至於這麼明顯嗎？」阿爾法在他身後苦笑。

嗡嗡——

胸前突然傳來一陣震動，背對著阿爾法，唐恪辛幾乎是立刻查看訊息。

「嗯，唐恪辛……你吃飯了嗎？」

這是陳霖絞盡腦汁想出來的一句話，放諸四海皆準的必備招呼語。

非常俗氣，非常無聊，非常沒有內涵。

「沒有。」

唐恪辛冷漠地回了兩個字。

「那要和我一起吃嗎？呃，不過我好像不方便出去，不然你自己先吃吧，算我欠你一頓。」

看見這句話，唐恪辛突然腳步變得輕快，轉了個彎，向前走去。

「喂喂，你去哪？」阿爾法奇怪道。

「吃飯。」

與此同時，鑒於某個傢伙特地與自己搭話求和，心情大好的唐恪辛發揮了一下外掛的功用，回了一個消息過去。

一個能救命的訊息。

Chapter 5

黑暗中的角鬥場

「任務已經開始。」

看到唐恪辛的訊息，陳霖的心瞬間漏跳一拍。

他抬頭觀察周圍的同伴，這才發現自從教官和教官助理們離開後，倉庫的大門不知何時被關上了，周圍的幽靈們不是沒注意到這點，就是注意到了卻不在意。

這時，陳霖發現胡唯正向自己看過來，對著他輕輕地搖了搖頭。

「不要出聲。」

胡唯用唇語道。

陳霖點了點頭，同時盡量不惹人注意地悄悄打量四周。原本聚集在一起的幽靈們不知不覺間已經散開，分成小團體單獨行動，而在這個時候聚在一塊的陳霖他們反而惹人注目。

樹大招風，槍打出頭鳥。

陳霖想了想，對胡唯示意。

「散開。」

「我們也散？散了就不容易再聚集起來了。」

「沒辦法，不然目標太明顯。」

倉庫內表面上還是一片平和，但無形的硝煙已經瀰漫開來。唐恪辛所說的任務已經開始，指的恐怕就是這個意思——在正式得到任務命令之前，這些幽靈們會先下手為強！

直白地說，既然最後只有二十個幽靈能活到最後，那為什麼不從一開始就減少競爭對手呢？

有哪裡會比這個倉庫還更適合動手？這裡簡直就是一個封閉的角鬥場，而教官們將他們關在這裡，肯定也別有用意。

一場互相殘殺的戰鬥，即將開始。

盧凱文還在發呆，突然被陳霖扯了一下，直接拉著往旁邊走。

「哎？你去哪？」話還沒說完，他就被陳霖狠狠捂住了嘴。

「閉嘴，想活命就給我安靜點。」對於這個傻蛋，陳霖一向採取高壓政策，不知是不是因此震住了盧凱文，這隻小白總算沒有再嘮叨，也沒有做什麼引人注目的事情。

他乖乖跟在陳霖身後，從幽靈集中的中心離開。與此同時，胡唯以及屬於他們小隊的其他幽靈，也都悄悄地向旁邊散去，化整為零。

盧凱文總算察覺出不對勁，「怎、怎麼回事？為什麼大家都躲起來了？」

即使天真如他，也感覺到了一絲危險。

陳霖沒有說話，事實上他現在又發現了一個新的問題。

無論他走到哪裡，總是處於其他幽靈的視線中心，那些視線如影隨行地纏在他身上，想要隱蔽身形更是不可能。

這就是之前團體行動太過張揚的後果！想來很多幽靈都對陳霖他們這個團體，尤其是處在中間的陳霖多了幾分關注。在這種越多關注就越危險的時刻，陳霖簡直就是一個醒目的信號燈。

盧凱文還沒等到回答，只見原本走在他前方的陳霖突然甩下他，獨自一人向另一個方向走去。

「你！陳霖，你去哪？」反應慢一拍的盧凱文回過神來，連忙想要追上去，可是身後突然傳來一股拉力，猛地將他拉到一個鐵櫃背後。

「安靜點。」

熟悉的聲音讓盧凱文鎮定下來，他轉身對胡唯道：「阿唯！陳霖那小子剛才竟然不理我，一個人走了。怎麼這麼沒義氣啊，你說！」

「是很意想不到。」胡唯贊同地點了點頭，然而下一句話截然相反，「沒想到他竟然會犧牲自己吸引注意力，我還以為他會拿你作擋箭牌。」

「你……你什麼意思？」盧凱文呆呆的，遲鈍的大腦好像模模糊糊意識到了什麼。

胡唯沒有說話，只是看著外面，嘆息一聲。

「希望他能熬到最後。」

與此同時，倉庫內的氣氛愈加沉寂，幾乎沒有幽靈再發出聲音。他們互相戒備，焦躁不安，似乎在等待某個契機。

陳霖暗暗調整呼吸，他察覺到一些投注在自己身上的視線越來越炙熱。他們已經快要忍不住動手了，自己將會成為第一個犧牲品。

逃不掉，躲不掉，該怎麼做？

既然沒有後路，那就只有一戰！

「喂，你！」

有幽靈出聲喊住了行走中的陳霖。

一個看起來不懷好意的幽靈走了過來，他看著比自己瘦小的陳霖，眼中有不屑的神情閃過。

這是第一個試探陳霖的幽靈，在對方還在漫不經心地接近時，陳霖的腦中只徘徊著唐恪辛曾對他說過的一句話。

永遠不要給敵人機會！

在旁邊幽靈們等著看好戲的眼神中，誰都沒有注意到，陳霖看向逼近而來的幽靈，右手不引人注意地抖動了一下。

「怎麼，只有你一個？之前那些圍著你的同伴呢，都拋棄你了？」這個率先行動的傢伙似乎不認為陳霖有太大威脅，雖然戒備，但是顯然並不怎麼重視。

在所有幽靈都還沒有反應過來時，陳霖在片刻間躍起，與對方錯身而過，同時右手輕輕一抹。

嘶嘶嘶——

紅霧飛濺，那個挑釁陳霖的幽靈捂著喉嚨倒下，被劃破的喉間鮮血噴湧而出，灑了數公尺遠。

躲在遠處的盧凱文和胡唯都吃了一驚，沒想到陳霖會下手這麼狠！

所有準備先拿陳霖開刀的傢伙，更沒想到他竟然是個硬骨頭。

「那小子……殺了他！」

終於有幽靈反應過來，咬牙切齒地吼道。

此時的陳霖早已跑遠了，他跳到一個靠牆的鐵櫃上，站在制高點，居高臨下地俯瞰整間倉庫的幽靈。

「想要殺我的人，就來試試看。」

一時間，萬籟俱寂。

而下一瞬，所有蠢動的眼眸都緊緊地盯上了他。見過廝殺的幽靈們很快反應過來，第一個死在陳霖手下的犧牲者，徹底開啟了這場殺戮盛宴。

或許是因為一開始震懾性的殺戮見了效，膽小的傢伙不敢來挑釁，但是更多野心勃勃的野獸圍了上來，想通過打倒陳霖證明自己的實力。

為數不少的幽靈看著站在高處的獵物，露出了血腥的笑容。他們要用這個傲慢的傢伙來血祭！

陳霖深吸一口氣，握緊手中的匕首，朝挑戰者們回以笑容。

想殺我？先看看你有沒有那條命！

一場毫不留情的戰鬥開始了，首當其衝的，正是陳霖。

倉庫封閉性絕佳，無論裡面鬥得多狠，外面都聽不見一絲聲響。陳霖應付著源源不絕的對手，不禁回想起那一夜，他在屋外等候，而唐恪辛在裡面悄然無聲地殺戮敵人。

只不過現在，現在他們的位置互相倒轉過來。

倉庫外，唐恪辛目光緊盯大門，即使沒有聽到響動，他也知道這一刻裡面的幽靈已經展開堪比地獄的廝殺。

「怎麼，在擔心？」阿爾法一樣站在倉庫外，臉上帶著笑容。「不知道你那可愛的室友能熬多久？要不要賭一賭？」

「好。」出乎意料地，唐恪辛答應了，並附上條件，「輸的人必須聽從對方一個要求。」

「哎呀，大買賣！」阿爾法笑逐顏開，「好！你賭他能撐幾個小時？」

唐恪辛緩緩道：「他會是活到最後的一個。」

堅定的語氣，就好像預知了陳霖的勝利一樣。

倉庫內，陳霖有些支撐不住了。一個人對數十人，孤身作戰，即使單論體力他也不是那些玩車輪戰的對手。

不過他依然沒有放棄，即使手臂都痠痛得快要無法抬起，即使血已經流進眼中染紅了視線，他還是不打算認輸。

他在等待，等待帶來勝利的轉機！並且他知道，那一刻已經越來越近。

連番的車輪戰耗盡了體力，陳霖不可避免地出現了失誤，與他敵對的幽靈見機不可失，手中的刀狠狠揮下。

然而就在揮刀的同時，他卻發現陳霖臉上絲毫沒有畏懼，反而露出了笑容。

下一秒，他的胸前傳來一陣劇痛！幽靈低頭看著從自己胸口穿出的凶器，不甘地望向陳霖，最終無力倒下。

推開擋在自己身前的屍體，陳霖挑眉道：「你差點來晚一步。」

來者拉起他，露出笑容。

「我們來接你了，隊長。」

Chapter 6

活下去

圍攻陳霖的幽靈們看似占有人數優勢，彼此之間卻沒有深切的信賴，在剷除陳霖這個第一威脅對象時，他們還要互相提防。然而即使如此，還是擋不住突如其來的暗箭。

這一批「暗箭」，正是之前藏匿起來的陳霖的隊友。陳霖下令他們分散，並不是讓他們毫無作為，在陳霖吸引了大部分幽靈注意的時候，正是他們四處遊走，悄悄解決其他落單的幽靈。

關鍵時刻，他們終於挺身而出，抓住時機來了個回馬槍。

另外兩組幽靈從混戰開始就各自為政，哪裡會想到和隊友合作？就是這樣，等到陳霖被胡唯攙扶著從鐵櫃上下來時，形勢已經徹底逆轉。

現在占據上風的是陳霖之前保存實力的隊員們，有了陳霖作餌，清除剩下的敵人是件很輕鬆的事情。

而且，這支特殊的隊伍還擁有其他幽靈沒有的優勢——信賴！他們不用擔心隊友在身後下黑手，還可以互相依靠，攻勢比其他幽靈猛烈許多。

這種情況之下，勝負可說早已揭曉。

二十比六十，獲勝的是陳霖他們。

「隊長。」一個有些眼熟的女性幽靈走了過來，「讓我看一下你的傷口，幫你止血。」

陳霖記得她，正是那個有藥草知識的女孩，在孤島任務裡她受了傷，似乎成了累贅。然而在任何一個戰鬥小隊裡，懂得醫藥知識的人物，都是必不可少的。陳霖救了她，也是救了自己。

「麻煩了。」陳霖道了聲謝，任其幫他處理傷口，自己則是繼續關注著倉庫內的局勢。

有時候，並不是人多力量就大，影響實力的因素還有參戰者自身的心理。很明顯，防線被擊潰的對手們，連心理上的防線都沒有守住。

以一敵三的隊友們壓力漸漸減小，敵方的傷亡者不斷增加。血腥味和液體濺落在地的聲音，同時刺激著陳霖的感官，尤其是在這種封閉的環境，感受幾乎被無限放大。

陳霖忍不住閉上眼睛，不去看那些倒下的身軀，然而那一抹抹紅色一直無法從腦海中消退。

這是只有你死我活的戰爭，不可以手下留情。陳霖似乎又想到了那一天，第一次被老么關到那間充滿著死亡氣息的房間時的情景。不同的是，那時候陳霖孤身一人，現在他有了伙伴。

相同的是，無論是那時還是現在，他們都不是出於自己的意願才彼此相鬥，都是被更強大的勢力控制，被逼著無奈地鬥個你死我活！

是那些A級教官們太殘忍？不，他們也不過是高級一些的棋子罷了。

是埋怨這個殘酷的地下世界？這個好比深淵的世界將原本鮮活的人一個個拉入泥沼，讓他們活得不像個人，讓他們逐漸麻木死亡，甚至讓他們通過血腥的手段競爭生存資格。

究竟是誰建立了地下世界，又是按照什麼標準招來這些幽靈呢？

誰是罪魁禍首？怨氣何處發洩？最關鍵的是該怎麼打破總是被人操控在手心的局面！

誰知道答案？

陳霖覺得自己就像是困在一團迷霧中，總也找不到出口。

「你還打算繼續下去嗎？」

胡唯突然開口，「敵方不足二十個活口了，是否要全部清除？」

陳霖睜開眼，這才看清原本混亂的戰場，如今只餘下不多的幽靈還在掙扎。要放過他們，還是一網打盡，決定權在陳霖手中。這時候，不僅是他的隊友看著他，就連那些倖存者也緊盯著陳霖。

「盧凱文呢？」陳霖問了一個不相干的問題。

「他？那傢伙太礙事，戰鬥開始前就被我打暈扔在一邊了。」胡唯回答，「怎麼，你想要諮詢他的意見？」

陳霖搖了搖頭，「不，幸好你把他打暈了，不然他在這裡，我不一定能狠下心做出這個決定。」

胡唯勾起唇角，「所以，你的決定是？」

「全部清除，不留活口。」

陳霖的聲音很平靜，卻帶著令人顫慄的寒意。

「哦！意外，你捨得下手？」

陳霖反問，「我們隊裡還留下多少人？」

「二十。」

「教官要求，最後會有多少個過關名額？」

「二十……」

陳霖道：「既然如此，我為什麼要手下留情，讓他們之後還有機會威脅到我的隊友？」

他看著那些苟延殘喘的幽靈，眼中不再有憐憫。「既然他們只要二十個，那就只留下二十個。」

「哈哈哈哈！」胡唯放聲大笑，「佩服，我真佩服你！不知是我看錯了你，還是你是天生這麼冷血，不過，很好的主意，我贊成。」

他對著隊員們大喊，「喂，還愣著幹什麼！沒聽到隊長的命令嗎？將這些傢伙，全部殺光！」

「哦哦！」

歡呼聲響起，陳霖的隊員們掀起一股更高的戰意。對手絕望的哀號則與之形成鮮明對比，很多幽靈在死前怨毒又不甘地注視著陳霖。

陳霖心裡並未感到動搖，對於這些在自己眼前消逝的生命，他近乎無動於衷。就連他自己都在捫心自問，究竟是自己太冷漠，還是現實太殘酷？

不過，如果再給陳霖一次選擇的機會，他還會做出一樣的決定。

當最後一個敵人倒下，殺紅了眼的眾幽靈才停下動作。勝利後隨之而來的是更多的茫然，接下來該怎麼做？看著被染紅的雙手，幾乎所有的小隊隊員都這樣自問。

他們身旁是幾乎流滿地的血河，還有許多具死不瞑目的屍身。漫天血腥味中，餘下的二十個幽靈孤零零地站著，他們有著迷惘，有著困惑。

直到一聲呼喊將他們的注意力全部吸引過去。

「所有人，抬起頭來！」

陳霖將心中的思緒轉化成言語：「剛才在這裡，我們殺了很多人！沒錯，不是幽靈，他們都是活生生的人類。如果在正常社會，我們都會被判處死刑，我們每個人都會被冠上劊子手、殺人魔的臭名，但是我問你們，你們後悔嗎？」

隊員們面面相覷，不過很快就得出答案。

「不後悔！」

「是啊，我也不後悔。」陳霖道：「殺人魔、死刑，正常社會的評價無法束縛我們。既然活在這裡，我們已經不再是普通人！為了生存而殺人不是錯誤，只是，你們有誰想永遠過這種日子？不斷地收割他人性命，永遠為了生存掙扎！告訴我，你們誰想繼續下去！」

「當然不想！」有隊員狠狠呸了一口，「不然該怎麼辦！有什麼辦法？」

「只要去找，總會有辦法。」陳霖沉下心來，道，「我只是不想再像今天一樣被困在籠中，像是野獸一樣互相殘殺，等著別人賜予我們生存的機會。」

「但是要找多久？去哪找？」

「我也不知道。」陳霖閉上眼，「不過有一點很明確。」

對著所有的隊員，他沉聲道：「在能夠真正地自由前，我們或許還要殺更多的人，沾染更多血腥，背負更多罪孽。哪怕直到最後，也請你們不要忘記，我們殺戮只是為了生存。」

他走上前，拉起一個控制不住自己的凶氣正在凌虐屍體的隊友。

「你想變得像他們一樣嗎？」

他靜靜地問著。

那個眼眶通紅的隊員看著他，眼中染上不忿和悲哀。

「就算不想殺人我也殺了，我還回得去嗎？你說我們還是人，可有哪裡會接受我們！」

「不知道。」陳霖淡淡道，在對方失望之前，他又道，「不去找的話，就永遠不知道。」

他轉身面向所有隊員。

「我殺的人比你們更多，身負更多的罪孽，可我還是想活下去。」他的眼中有著火焰在跳躍，他又重複了一遍，「我想活下去，我想找到一個即便是我們這樣的人，也可以生存的地方。」

感到罪孽嗎？覺得無法洗清自己身上的血腥嗎？

那麼就一直走下去，活到最後。既然這條性命是殺死其他人才換來的，那就更不能輕易死去。

一定要成為最後的勝利者！

這一天，陳霖帶著他的隊員們共同許下了諾言。

時間不知不覺地溜走，被陳霖一番話所觸動的隊員們沉默地坐著，等待倉庫大門打開的那一刻。

終於時間到了，伴隨著大門打開，耀眼的晨光照射進來，落在所有活下來的幽靈身上。

帶著血汙的幽靈們抬起頭，不約而同地注視著那抹照射進來的微光，心中湧上一股難言的情緒。他們活下來了，他們還想繼續活下去。

幾乎所有隊員心裡都記著陳霖的那句話——要找到一個即使是他們這樣的人，也可以生存的地方！

倉庫外，教官們一打開大門，刺鼻的血腥味就迎面而來。包括唐恪辛在內的教官，都不由自主地皺了皺眉。

等他們看清倉庫內的情景更是吃驚。

幾乎成了血人的學員們一動不動地看著他們，眼神銳利得彷彿無形的刀鋒！

「啊……」阿爾法長長一嘆，「竟然不多不少，正好二十個。」

他看著這幫血人，視線轉移到位在正中的陳霖，頓時，某根控制理智的神經無聲地斷了。興奮的怪獸躍躍欲試，被血腥味勾起了殺意！

「阿爾法。」唐恪辛打斷他，「不要忘記我們的賭約。」

唐恪辛看著被圍在一群倖存者最中間的陳霖，說：
「是我贏了。」

Chapter 7

欠你的

有一句話是這麼說的，人算不如天算。

預定好的計畫，總會受到意料之外的因素影響，從而偏離了既定目標。就好比這次特訓，原本將參加特訓的幽靈關在倉庫，只是想刪減一些弱者，哪想到最後竟然只剩下二十個！

這其中的意外因素，究竟有多少？是陳霖，是盧凱文，是胡唯，還是所有意外統和在一起，最終造就了這個結局？

不過既成事實，死去的參訓者不能再活過來，是以之後的特訓課程也要因此稍作調整。

在新的訓練計畫出來之前，餘下的二十名倖存者有半天時間可以休息，這也算是意外之喜。

不能離開限定區域、不能擅自外出、不能與陌生人說話，違者一律被剔除參訓資格，還會受到其他懲罰。雖然規定很嚴苛，但是得到了難得的休息時間，陳霖的隊友們一時之間都放鬆下來。

經歷了疲憊的連續作戰，睡眠時間能多一分鐘時間都格外珍貴。休息地點一安排下來，每個幽靈做的第一件事就是洗漱乾淨，倒下去呼呼大睡。即便是睡在大通鋪，有也總比沒有好。

然而在這個寶貴的休憩時間，某個重要人物卻不見蹤影。

盧凱文左轉右轉，都找不到人。

「陳霖呢？他剛才還在這，出去了？」說著，就要向屋外走。

胡唯及時攔住他。

「你不是小孩子，他也不是你老媽，你老是纏著他做什麼？」

「我是擔心他亂跑，被那個變態教官抓住把柄！」盧凱文急道。

胡唯笑，「你放心，現在，沒有誰敢動他。」

「什麼意思？」

「他身邊，有個誰都不敢惹的大殺器啊。」胡唯笑了笑，看著屋外，「有時候我也挺羨慕那傢伙的。」

大殺器唐恪辛，和被胡唯羨慕的陳霖，此時相處的氣氛卻不如想像中那麼友好。

「你難道不知道有一句話叫槍打出頭鳥？」唐恪辛皺著眉頭。他的眉毛自從特訓開始，幾乎就沒有舒展過。

「我知道。」陳霖道：「但是你能告訴我，除了這樣，還有什麼方法保下這支隊伍？沒有他們，我一個人支撐到最後只會更加困難。」

這的確是個理由，唐恪辛無法反駁。陳霖這一次做得不是不出色，反而是太出眾了，讓他覺得不放心。

「阿爾法他……」

「他一開始就盯上我了，我也不知道為什麼。」陳霖看了唐恪辛一眼，「不過反正都是被他盯著，我寧願找到一支能夠互相合作的隊伍，作為後盾。」

「團隊合作？這是從來都沒有過的事情。」

「以前沒有，並不意味著以後不會有。」陳霖堅持道：「而且也是你告訴我，你之所以排在七號，是因為你只有一個人。阿爾法擅長調兵遣將，能夠發揮出更大的戰力，所以是二號。這不都意味著，比起個人，團隊的力量更強大嗎？」

唐恪辛不說話了，半晌，道：「你以為你能駕馭得了他們？」

陳霖一笑：「不是還有你嗎？」

唐恪辛看著眼前這個笑意盈盈的傢伙，輕輕揚眉。

「我？」他壓低聲音，盯著陳霖。「為什麼你認為，我一定會幫你？」

「這個……還真是有點苦惱。」陳霖想了想，苦笑道，「說實話，我也明白在這裡不應該輕易相信別人。如果我還有理智，就不能總是依靠你幫忙。」

唐恪辛神色暗了暗，依舊沒有出聲，等著他繼續說下去。

「可是不知從什麼時候開始，當我遇到麻煩時，第一個想到的都是你。」陳霖反省，「久而久之，竟然下意識地把你當成了可以信賴的人。畢竟從一開始，你就幫了我不少忙。」

唐恪辛的情緒有了微妙的變化。

「我想，是時候改變了。」陳霖下定決心道，「如果總是依賴你，我永遠無法成長，而且也會經常給你添麻煩。既然如此，以後遇到難題我會試著自己解決，不會總是麻煩你。」

唐恪辛臉色一變，插嘴道：「我什麼時候嫌麻煩了？」

「剛才你不是說……」

「你遇到的問題，對我來說還稱不上麻煩。」唐恪辛佯作不在意道，「稍微幫你幾次也沒什麼。」

「你真的不介意嗎？」陳霖問：「如果以後我遇到的麻煩變大了怎麼辦？」

「以後的事情以後再說。現在你要思考的只有一件事，如何將你這支剛剛建立起來的隊伍繼續運作下去。」唐恪辛道，「這方面我不太瞭解，只能靠你自己。」

「嗯，我知道。不過一直以來都是你在幫我，我覺得自己欠你很多。你有沒有什麼想要的東西，或者有什麼我能為你做到的？」陳霖道，「我不想一直欠著你。」

唐恪辛斜眼看他。

「我想要的你給不起，我的任務你也無能為力。」

陳霖無語。

好像還真是如此，連唐恪辛都解決不了的麻煩，他出馬也不會起到多大作用。

「繼續欠著。等哪天想起來要你還的時候，再還給我。」

這麼聊下來，唐恪辛的心情似乎多雲轉晴，蹙起的眉毛漸漸舒展。陳霖見他心情好，不禁跟著露出微笑。

「好，我會一直記著，哪一天你想要我還的時候，隨時都可以。」

唐恪辛挑眉：「無論什麼都可以？」

「除了我的性命。」陳霖看見唐恪辛用一種詭異的目光，上上下下打量了自己一陣，不由寒毛直豎，下意識地後退一步。

唐恪辛輕笑一聲。

「我會記著的。」他輕聲道，「希望到時你不會反悔。」

不知為何，陳霖打了一個寒顫，心裡暗道，難道自己許下了一個不該許的諾言？還沒等他仔細思考，唐恪辛已經起身向外走去。

「抓緊時間休息。你們不會有太多時間了。」

回到休息室，陳霖還在思考唐恪辛臨走前那句話的意思。不會有太多時間，是意味著接下來的訓練更難嗎？還是說，有其他的祕密？

「終於回來了？」胡唯打了聲招呼。

「你再不回來，這小子就要擔心死了。」

「陳霖！」盧凱文立刻湊上前，「不是說好不能亂跑，你怎麼亂走？要是被變態逮到了怎麼辦！」

他這副樣子，和愛操心老媽子幾乎一模一樣，陳霖不由得好笑道：「我沒事。不，還是有事。」

他看著胡唯道：「我有件事想要問你。」

胡唯止住他。

「等等，先別說，讓我猜一猜，你是不是在想接下來的訓練內容？」

陳霖點頭道：「我們清除了原本應該參加特訓的其他成員，你認為，接下來教官們會做什麼改動？」

「做什麼改動都無所謂。」胡唯道，「最怕的是他們不做任何改動。」

「什麼意思？」陳霖皺眉，須臾，臉色大變。「你是指——」

「沒錯。」胡唯接著道：「不作任何改動，讓原本應該由四五十人承擔的任務，只交給我們二十個來做。這才是最該擔心的結果。」

「這，他們應該不會……」陳霖剛想說教官們應該不至於刻意刁難，可一想到某個和自己有過節的變態，臉色就更難看了。

如果是阿爾法，還真有可能這麼做！

胡唯聳了聳肩，道：「現在只能祈禱了。祈禱最後，我們不會死得太難看。」

「你們在說什麼？」從頭到尾沒進入狀況的盧凱文疑惑道，「什麼祈禱？」

胡唯憐憫地看著他，「要是出了意外，這傢伙肯定是第一個掛的。」

陳霖深以為然地點頭。

「喂，不要把我排除在外，告訴我你們究竟在講什麼？」

「你不需要知道。」胡唯揉了揉他腦袋，「只要做好身為吉祥物的本職就可以了。」

盧凱文不滿，「我要抗議，你們無視我的人權，這是歧視！」

「幽靈本來就沒有人權。」胡唯這麼說。

「白痴天生受歧視。」陳霖附議。

「……」

半天的時間轉瞬而逝，即使可以調戲盧凱文來放鬆，陳霖的心情依然越來越緊張。他緊緊盯著門口，猜想時間到後第一個出現的會是誰。

如果是唐恪辛，意味著他們還有救；如果是阿爾法，這次任務必然有去無回。

腳步聲響起，門外有人漸漸走近。陳霖屏住呼吸，緊盯著門口。

然後，他看到一個身影出現在那。
對方有一張略顯憂鬱的笑臉。

Chapter 8

新任務開始

烈日炎炎，酷熱的陽光炙烤著大地的最後一絲水分。在這個北非沙漠中，陽光就是最大的敵人，即使是飽經風霜的士兵，也無法忍受長期在烈日下煎熬。

「呸！」

吐了口嘴中的風沙，身穿沙漠迷彩服的大兵不耐煩道：「換班的凱文呢？怎麼還不來？」

他的同伴嘲笑道：「那小子怕是還在和他的女友通話吧，他們下個月不是要結婚了？」

大兵粗俗道：「真羨慕他，我身邊連隻母老鼠都沒有，他還有老婆可以睡。」

「哈哈！」

兩個大兵調侃著，發洩站哨的煩躁。

「等等，斯蒂芬！」

「怎麼了？」

「你看見沒有？沙丘那邊好像有東西晃過去了，是不是入侵者？」

斯蒂芬拿起望遠鏡看了看，沒瞧見人影，只看見一隻沙漠狐狸飛快地竄入地下。

「去你的！你不會連狐狸和人都分不清楚吧？」

「奇怪，我剛剛看到的不像是狐狸啊……」

兩名大兵放下警惕，斯蒂芬甚至掏出一根菸抽了起來。接近交班時間，他沒有平時那麼謹慎。不過菸剛點燃，斯蒂芬就聽見身後拉爾所站的地方傳來一陣悶響。

「唔！」

身經百戰的敏銳神經讓他立刻拋下手中的菸，掏出武器反擊。

然而他的手才伸向武器，脖子就傳來一陣撕裂的劇痛，隨即身體緩緩倒在地上。

沙漠中晴朗又刺眼的天空，是斯蒂芬在這個世上最後看到的景色。隨後，迎接他的將是永恆的黑暗。

「滋——沙沙——」

斯蒂芬的對講機掉落在沙地上，發出刺耳的沙沙聲。在這個空曠的沙漠腹地，失去了主人的對講機徒勞地試圖完成自己的使命。

啪嗟！

一道黑影落在它上方，伸出腳，踩碎了對講機，結束它最後的使命。然後黑影晃了晃，消失於沙地之中。

近百公里外，一隊埋伏的特種士兵正緊張地待命中。

「搞定！」通訊兵收到消息，對所有人豎起拇指，「障礙已被前鋒部隊拔除，可以前進！」

「走！」上尉于崢帶著他的小隊向原定目標潛行而去。他們是第二批行動部隊，主要負責為之後的進攻的主力部隊掃除前方障礙，探聽情報。

而之前通訊兵所說的清除障礙的前鋒部隊，則是負責幫他們除掉敵人的暗哨和明哨，避免在行動開始前就暴露行蹤。

「隊長！」隊伍徒步前進中，有人忍不住問，「這次和我們合作的究竟是哪個部隊，下手這麼快？」

他們這次的目標是隱藏沙漠裡的國際傭兵組織，可說是數一數二難啃的硬骨頭。接到任務後，他們全做好了犧牲的準備，沒想到現在不僅沒見到敵人的影子，連敵人巡邏路線上的暗哨，都被神祕的前鋒部隊一個個拔掉，實在不得不讓人驚嘆。

于上尉皺了皺眉，他雖然不想回答這個問題，但也不能責怪問問題的隊員。在荒漠這種枯燥又酷熱的地方行動，為了保持隊員們的精神和士氣，適當的語言交流必不可少。

「你只要知道。」最後，上尉壓低聲音說，「那是我們的同伴。」

「是！」訓練有素的士兵們不再多問。

「前進！注意保持體力！」

「是！」

一百多公里的距離，他們只徒步前進兩個多小時就抵達目的地，這還要扣除沙漠地形和酷熱的影響。然而等到了約定地點，這幫特種部隊驚訝地發現，竟然早有人在等著他們。

那是十幾個穿著黑色斗篷的怪人，渾身散發出並非善類的氣息，要不是上尉事先提醒這是友軍，他們早就忍不住動手了。

「036。」

其中一個黑衣人走出來，說出密語。

兩方人員嚴謹地對著事先約定好的暗號，全部核對無誤後，才真正放鬆下來。

「你好。」于上尉先走上前，「我是『飛鷹』，這次行動的指揮之一。」

「幽靈。」黑衣人回答，「輔助你們行動。前面的哨口全部清除完畢，從這裡開始，可以直接前進。」

上尉皺眉。

「全部清除？要是對方發現人員大規模失蹤，或者是到了換班時間發現異樣，我們不就曝光了？」

「不用你擔心。」自稱幽靈的黑衣人道，「我們自有準備，你們只要做好自己的任務就可以。」

于崢心中警惕，不動聲色地看著那些黑衣人。

這些傢伙給他的感覺不太對勁，與平時合作的其他特種部隊都不一樣，沒有軍人的氣質。雖然同樣嚴謹，卻給人一種不寒而慄的古怪感覺。

他不禁對這次的合作伙伴產生了一些不信任。

「你不用猜測我們是誰。」黑衣人好像看出了他的疑慮，「正如我們也不知道你們的真正身分，彼此都是聽命行事，履行各自的職責才首要之務。」

這句話聽起來才像是軍隊裡的味道，于上尉稍稍鬆了口氣，心想，也許這支支援的隊伍機密等級很高。

有些保密的特戰部隊，訓練方式不同，訓練出來的人員的作戰風格更是迥異，甚至有的十分類似恐怖組織的亡命之徒。

只不過區別是，亡命之徒為個人或個別組織所利用，特戰部隊掌握在國家手裡罷了。

此時，天色向晚，天空西面是一片絢爛的金橙色。

于崢道：「我建議等到晚上再行動，有利隱蔽。」

「可以。」對方贊同，「在此之前找個安全的地方稍作調整。」

於是，這批穿著沙地迷彩的士兵和全身裹著黑袍的怪人，就這麼相對無言地一起坐在營地中，靜待天色轉黑。

天空由暗橙色變為深藍，像是一塊沾滿顏料的畫板，只等待最後一抹濃厚的黑色。

陳霖收回望向天空的目光，不經意間和對方指揮的目光相撞。

兩者皆是一愣。

陳霖點了點頭，那個穿迷彩的男人頷首回應，然後又正經危坐地坐在營地裡，像是一尊雕塑。陳霖注意到他們的坐姿不太一樣，略微半蹲，是隨時可以起身戰鬥的姿勢。而且對方成員紀律嚴明，自下令休息以來沒有人說過半句廢話，不是紀律鬆散的雜牌雇傭兵可以比擬的。

這些全副武裝，看來頗為老練的武裝分子究竟來自哪裡？是某個知名的雇傭兵，或者，是類似「禿鷲」的高階私人武裝？

他到現在還記得，上次幽靈和禿鷲大戰的情況。聽唐恪辛透露，地下世界的幽靈，和很多國際傭兵組織、武裝勢力的關係不好，時常發生武力衝突。

那麼，這支隊伍究竟是哪來的？

就在陳霖思考對方的身分時，對方也在揣測他們的身分。

這次特殊任務，幽靈們全接到了不能洩漏身分的死令。除了身上配發的戰鬥裝備，不允許攜帶任何私人物品。如果戰死，其他隊員一定要毀屍滅跡，除非屍體被敵人奪去。

如此高規格的保密要求，讓陳霖有些蠢蠢欲動。興師動眾地派他們出任務，又如此嚴格地要求隱瞞身分，其中隱藏的內幕是什麼？

他想得出神，沒注意到身邊有個人影正在接近。

一雙大手悄悄襲來，就在快要靠近陳霖脖子的瞬間，一把匕首分毫不差地頂在對方的動脈上。陳霖舉著匕首，看著這個偷襲的傢伙。

對方一臉無辜的笑容，笑得好不燦爛。雖然有口罩遮著，依然能看出他那一雙彎彎的眼睛。

「別這樣，我只是開個玩笑。」說著，這傢伙笑道。

「玩笑？等你掐斷我脖子的時候就不是玩笑了。」

「OK，OK，我收手。」

直到對方收回手臂，陳霖也才收起匕首。他看著那雙灰色的眸子，低聲道：「阿爾法，不要忘記你的賭注。」

那雙明亮的灰眸一下變得黯淡，像是失去了好玩的玩具。

「唉，賭注，該死的唐恪辛。」阿爾法望著天空，憂鬱地長嘆，「沒想到他竟然會提這種要求，真是個狠心的男人啊！」

想起唐恪辛對阿爾法提出的要求，陳霖彎了下嘴角。

跟在陳霖身邊，幫助他完成第二次測試——這就是唐恪辛提出的要求。

如果阿爾法回去後不怕被分屍，大可將陳霖棄之不顧，只可惜，至今為止膽敢違背與唐恪辛的諾言的傢伙，還沒有出現。

「時間到了。」仰望已經完全掛起夜幕的天空，陳霖站起身來。

他望著遠方，像是在窺視某個還沒有進入視線的獵物。

Chapter9

潛入

視野內的景物隨著身體晃動，不斷起伏，曲折變幻。

陳霖和胡唯他們兵分兩路。

一組負責拔除對方的暗哨，切斷通訊；另一組與外部力量合作，共同潛入最終目的地，完成任務。陳霖正是負責後者。

而他們要合作的外部力量，究竟是什麼身分，包括唐恪辛在內的教官，都沒有告訴他們。或者說，連教官們也不知道。

這次任務如果只看目標，只是簡單的潛伏和突擊任務，直到陳霖一行人到達任務地點，才察覺這次任務的真正難度。

前方的沙漠腹地上，有許多小沙丘密密麻麻地分布，它們看起來和普通的沙丘沒什麼不同，但是仔細看，會發現這不過是偽裝。

金屬特有的光芒，在沙丘的掩護下隱隱閃爍。這是一個藏在沙漠深處的基地！

僅僅從其露出地面的部分，就得以想像這之下隱藏著多麼龐大的地下基地。憑藉地表的偽裝，地底究竟能夠藏納多少力量，來自於地下世界的幽靈們再清楚不過了。

「我們偵查到的入口有二十個，其中大多數都是偽裝。」于崢道，「只有少數幾個能真正通到基地內部。」

「難道要一個一個試？」陳霖問，「豈不會打草驚蛇？」

「沒必要那麼麻煩。」上尉說著，命令身後的士兵取出攜帶的軍用生命探測儀和紅外線探測儀，還有其他裝備。

陳霖恍然：「你打算探測地底的生命跡象，找到真的入口？」

如果是真正的入口，大門內側一定會有守衛，只要用探測儀感測，就不需要一一探索了。

上尉點頭，道：「這些探測儀不受大多數電子干擾裝置影響，正好可以在這裡使用。」

他打開儀器查看儀表，可就是這不經意的一眼，讓他後背一寒。

「怎麼了？」陳霖問。

「你——」于崢驚訝地看向陳霖，眼中有著戒備與驚懼。

他本想用陳霖來測試儀器，可是探測儀根本無法鎖定這個黑袍的傢伙。

也就是說，他身上沒有活人該有的生命特徵！

他們到底是什麼人？

陳霖從他的表情和動作猜出了一二。

「我們穿著特製裝備。」他說，「能夠干擾所有探測器。」

不可能！于崢想，世界上如果真有這樣先進的迷彩，身處特戰部隊的他怎麼可能從不知情！

「別白費力氣了。」一直跟在陳霖身後的阿爾法也湊了過來，「即使你再探測一百遍，也探測不到我們身上任何信號的。」

「為什麼？」于崢緊盯著他。

阿爾法笑道：「當然是因為我們是幽靈呀。」

他灰色的眼睛，像是野獸一樣閃爍著。

「既然不是活人，又怎麼可能偵測得到？」

「阿爾法！」陳霖及時打斷他的胡言亂語，看向于崢，「別聽信他的胡言亂語。」

上尉回過神來，心裡有些慚愧，剛才有一瞬間，他竟然把那個灰眼睛傢伙說的話當真了。

他不再浪費心神思考這些神祕黑袍人的來歷，開始命令下屬作業。

「一、二、三……五，一共五處入口有人員把守。」于崢有些猶豫。

「有什麼問題？」陳霖問。

「後續部隊十分鐘內會趕來，在這之前，我們必須把這個基地的人手引開，讓他們順利完成任務。」于上尉道，「這裡有五個入口，我們不能只選擇一個進入，人手勢必會分散。」

陳霖不太能理解他的思路，就算集中進入一個入口又怎麼了？不過看這個男人欲言又止的模樣，一定還隱瞞著什麼，自己也不好多問。

「那就分散。」

陳霖道：「我們只是負責前期偵查，不需要和對方硬拚。你我雙方加起來一共四十多人，分成四組，十人一組能保持最基本的戰力，也不會影響行動，而剩下的一組就由我和他。」陳霖指著阿爾法。「我們一起。」

「你們？這樣不會太危險嗎？」

「不需要擔心。」陳霖道：「我們只要負責完成各自的任務就可以。」

面對強勢的陳霖，于崢不再多言。

「好運！」

「你也是。」

確定了目標，四十多個人影從沙丘的陰影處接二連三地躍出，開始潛入作戰。

「該輪到我們了吧。」阿爾法站在他身後。

「你竟然敢一個人和我相處，真讓我意外。還是你以為有唐恪辛在，我就不會對你下手？讓你因為『意外』而在任務裡喪命，對我來說輕而以舉。」

陳霖道：「我在行動前，對唐恪辛說了一句話。」

「什麼？」阿爾法疑惑。

「如果我在任務中出事，一定是你在背後下黑手，到時候就只能麻煩他幫我報仇了。正巧，他也答應了。」

阿爾法舒展的雙臂僵住了，他停下來，盯著陳霖半晌。

「你有沒有哪天能不靠別人替你撐腰？嗯，小子？」

陳霖淡淡道：「我也很期盼那一天的到來，但是很遺憾現在還做不到。走吧。」他率先從陰影裡奔出，「等會的行動，還要多麻煩你護駕了。」

被拿住軟肋的阿爾法惱火了一陣，隨即又笑了。

「果然是這樣，這才有趣嘛。」

他低笑一聲，緊跟在陳霖身後進入地下基地。黑色長袍在空氣中劃過一道銳利的弧線，發出微不可聞的獵獵聲。

潛入作業比想像中容易，身上的特殊裝備能避開一切生物探測，讓整個行動輕鬆許多。

在阿爾法的帶領下，陳霖敏捷地避開了各種電子監視設備，繞過了數支巡邏小隊，不知不覺中漸漸深入了基地核心。

陳霖躲在暗處，等待一批巡邏的士兵離開。

「每一分鐘就有一支巡邏隊伍經過，這裡的警戒強度竟然這麼高。」

「沒辦法，假如我是那幫外國佬，也會盡量保護自家的軍事基地嘛。」阿爾法聳肩道，「誰知道哪時候會有像我們一樣的小偷潛進來呢？」

陳霖腳步一頓，不一會又繼續前進。

「你怎麼不問？你不好奇嗎？」

阿爾法跟在他身後道。

「喂，我剛才可是特地裝作不經意地洩漏了機密給你，難道你就不想多知道一點內幕？」

陳霖一把捂住阿爾法嘮叨不停的嘴，「閉嘴，你會把人引過來。」

直到阿爾法真的安靜下來，陳霖才鬆手。

「你和唐恪辛真是一模一樣，自己沒有好奇心，還不准別人說話。」阿爾法抱怨，「難道孤僻冷漠是會傳染的嗎？」

「我只是不想知道多餘的事情而已。」陳霖道。

無論這個基地，還是合作的于崢等人的真實身分，陳霖都沒有興趣知道更多內情。在這個階段，一旦知道了不該知道的，等待他的絕對不是什麼美好結局。

「無趣。」阿爾法撇嘴，同時踏前一步。

就在他落腳的那刻，警鈴驟然響起！刺耳的警報聲一波接一波響起，紅色閃光在整個通道內不斷閃爍。

一個女聲用英語不斷重複。

「警告，警告！發現入侵者！警告，警告！發現入侵者！」

暴露了！

陳霖回頭，只見阿爾法雙手高舉，一臉無辜。

「不是我！」

「我當然知道不是你，別玩了。」陳霖無奈。

應該是另外幾個潛伏組被發現了。幽靈的黑袍具有極佳的隱蔽能力，而且幽靈最擅長規避監視器，出事的多半不是他的組員，而是合作的那一方出了意外。

該怎麼做？退出去，還是繼續前進？陳霖一時進退兩難。

你會怎麼做呢？在陳霖身後，阿爾法斂起笑意，看著他的背影。

「阿爾法，等等要是和一整支巡邏隊遭遇，你有沒有把握解決他們？」陳霖突然問。

阿爾法托著下巴，道：「怎麼說呢，如果沒有你這個拖累——」

「那就別管我。」陳霖道，「你自己衝出包圍圈。」

「你是要害死我嗎？」阿爾法瞪大眼，「這時候你出意外，我不就等著被唐恪辛追殺？還是說你打的正是這個主意，借刀殺人？」

「阿爾法……」陳霖開始感到頭痛了，「我會告訴他，這次決定與你無關。」

「什麼時候，怎麼告訴他？」

「現在。」

一秒鐘後，在沙漠邊界守候的唐恪辛收到一條訊息。

「如果我不幸身亡，絕對和阿爾法無關。」

Chapter 10

突圍

紅色警示燈閃爍不停，周遭的景物隨之明明暗暗。

刺眼的顏色同樣警示著入侵者，一旦稍有閃失，他們就將埋葬在這座巨大的地下墳墓裡，再也回不去。

「怎麼樣？」

洞開的大門外，于崢守在門口緊張問道。

「百分之九十七，還差一點！」

屋內昏暗的光線中，一名士兵拿著設備從加密電腦上盜取資料，與此同時他的雙手在鍵盤上飛躍，抵擋中央系統一次次的防禦反擊。

「再給我兩分鐘時間！」士兵回答，「兩分鐘就可以了！」

「媽的，來不及了！」

走廊傳來的腳步聲越來越近，似乎下一秒就會在轉角看見巡邏部隊的身影，于崢忍不住低罵一聲。

「進去。」他推了身邊的人一把，「全部退進裡面！」

他等部下全部進入房間內，自己緊接著進入，從內側關上大門！

「聽好了，拚命守住這兩分鐘。」上尉道：「哪怕跑不出去，也要爭取足夠的時間把資料傳送出去！」

「是！」士兵們齊聲應道。

正在複製資料的士兵鼻頭凝起汗水。他身上肩負著這裡所有人的性命，如果傳輸資料失敗，那麼大家都將白白送命了！

于崢環視一屋的士兵，在心裡微微嘆息。這些二十出頭的年輕人和他不一樣，他們還沒享受過人生，只是經歷過無數堪比折磨的歷練，如今，卻真的要在此送命。

砰！

有重物猛地撞上大門，所有人心頭一跳。

撞擊聲一下又一下地響起，然而除非使用重火力武器，對方一時也無法砸開這扇緊閉的大門。或許要感謝這座地下基地出色的防禦工事，此時反倒為他們拖延了時間。

然而，拖延只是一時的。

所有人都屏住呼吸，眼睛眨也不眨地盯著門口，彷彿下一個瞬間那裡就會湧進無數敵人，與他們決一死戰。

一分鐘，兩分鐘……

不知何時撞擊聲停止了，詭異的寧靜瀰漫整個房間。

「怎麼好像沒動靜了？」其中一個士兵奇怪道。

「隊長，資料下載並傳送完畢！」這時，傳輸資料的士兵彙報，「我們可以撤退了！」

「安靜。」于崢做了個噤聲手勢，仔細聽著外面的動靜。

撞門聲停止了，但是隱隱約約有另一種聲音傳來，像是人的哀號。聲音很短暫，往往只是喊了一聲就停下來。其外，還有嘈雜的聲音，隔著門聽不真切。

終於，所有聲音都消失了，士兵們的呼吸聲不由得加重起來。他們聽不到聲音，看不見情形，想像力卻能夠最大化人們的恐懼。

于崢皺眉，他們不能繼續待在這裡。

「所有人，準備突擊！」

無論外面有什麼樣的危險，他們都絕對不會退縮。

「數到三，打開大門！出去後聽我命令開始攻擊！」

「一，二——三！」

匡啷！

用力地推開大門，士兵們抓著掩蔽物齊齊將武器對準門外，準備迎接戰鬥。

「嘿。」

迎接士兵的不是凶險的敵人，而是一張十分不合時宜的笑臉。

包括于崢上尉在內，全部的人都愣住了。

眼前這個笑得燦爛的人，如果沒有站在一地屍體之中，如果不是他手中那把匕首沾滿了鮮血，幾乎會讓人以為他只是遇到熟人，隨意地打了聲招呼。

「看來你們遇到了困難，所以我和我的搭檔決定來看看你們需不需要幫忙。」阿爾法笑道，「哦，對了，我的搭檔呢？」他四處回頭張望，「不會是被我順手和敵人一起殺掉了吧？」

「阿爾法……」

旁邊的屍體動了動，一個人從屍體下面鑽了出來。

「如果不是我躲得及時，你剛才真的打算割斷我的脖子吧？」

「怎麼可能，一切都是意外。」阿爾法無辜地笑道，「只要你不故意湊上來，我怎麼會要你的命呢？」

陳霖白了他一眼，不再多話。

「你們的任務完成了？」他轉身，看著于崢和他身旁的士兵，「鬧出了足以引發基地警報的動靜，總不會只是做了些雞毛蒜皮的事情吧。」

于崢這才回過神來，尷尬道：「抱歉，這是機密任務，所以沒有事先告訴你們。」

「無所謂。」陳霖道，「那是你的任務，輔助你們才是我的任務。那麼，現在我們可以出去了嗎？」

「可以是可以。」上尉猶豫道，「不過這時候，出口應該都被他們封鎖了，我們怎麼離開？」

從他的一番話裡，陳霖聽出了很多線索。這幫人很可能是來完成祕密任務的死士，任務完成後生死由天，所以壓根沒想過要怎麼出去，而之前說的後續增援，根本就是一個幌子！

怪不得胡唯說這會是一項有去無回的任務！教官給他們下的套原來在這裡！

陳霖瞪了阿爾法一眼。那傢伙無所事事地吹著口哨，彷彿絲毫沒有注意到陳霖的臉色。

「不用擔心，我們從三號出口離開。」陳霖道，「那邊有我的同伴守著，我們只要小心謹慎，不與基地的主力部隊正面對上即可。」

要不是預想過可能遭遇的麻煩，並且讓隊員事先做了準備，陳霖真的就要栽在這裡了。即便他們自己能逃出去，要是沒有幫于崢他們完成任務，也算幽靈的任務失敗。

按照和胡唯約定好的計畫，陳霖帶著剩下的人沿著來時的路返回。沿路可以看見很多出口都被封鎖了，這座地下基地的安全警報似乎上升到了更高的級別。

「快點！時間不多了！」

與時間賽跑，陳霖他們在通道上飛速奔跑，而他們剛剛走過一段路口，身後巨大的隔離門就轟然落下，而在前方還有另一道隔離門正在落下，似乎就要將他們堵在兩道門之間。

「衝過去！」

看著那道落下一半的隔離門，陳霖率先側滑通過，其他人也身手敏捷地跟了過來。

眼看出口就在眼前，最後一道隔離門從天花板重重落下，將希望徹底阻絕在眼前。

出口處的微弱光亮被門堵住，眾人被夾在狹小的空間內，進退無路。

「呦，甕中捉鱉。」阿爾法興奮道，「不知道這基地的人會怎麼對付我們？放毒氣，還是壓縮空間把我們夾成肉餅？」

陳霖沒工夫理他，大聲問：「有沒有爆破工具，把門炸開？」

「沒用的。」于崢道，「這裡的空間太狹小，爆炸產生的壓力和隔離門的碎片會在瞬間把我們全都撕碎。」

「沒錯，炸得稀巴爛，到時候你中有我，我中有你。」阿爾法看著陳霖，「是不是挺浪漫的？」

這種浪漫的死法，你自己一個人享受吧。陳霖腹誹著，手緊貼著隔離門四處摩挲，想要在上面摸出一條細縫或者是機關。

阿爾法道：「如果你再繼續浪費體力四處走動，第一個死的會是你哦。」

陳霖停下動作，回頭看他。

阿爾法笑了笑，指著走道四周。

「你沒發現嗎，這裡沒有通風口，恐怕不久之後我們都會窒息而死。窒息而死的人面相很難看，怎樣，要不要我幫你死得體面一些？」

「謝謝，不用了。」陳霖毫不猶豫地拒絕，「我不打算死在這裡，也不想在死前最後一個看到的人是你。」

「是嗎，那你希望看到誰？」阿爾法沒趣道：「你的前女友，你父母？還是……」

陳霖撫摸著隔離牆的手忽然頓住片刻，隨即整個人飛快地向後撤，就像是摸到了炸彈一樣。

阿爾法不解，「喂，你——」

嗡！

隨著一聲刺耳的金屬鳴響，隔離門被劃為三段，在所有人面前轟然碎開。

出口處的光亮透進來，而在那裡，一個高挑的人影緩緩收起了刀。看見門內那個熟悉的人影，他嘴邊不禁帶起了一絲笑容。

一邊走向門外的人影，陳霖一邊對阿爾法道：「在最後一刻，我寧願看見的是他。」

門外，那位總是在關鍵時刻出場的室友，向翻過隔離門殘骸的陳霖伸出手。

然後，牢牢接住了他。

「你來得正好。」陳霖笑，「我聽見你拔刀的聲音了。」

唐恪辛看著他，輕輕掀起嘴角。

「我知道你會聽見。」

Chəpter 1 1

心中之獸

「人生最大的悲劇是什麼？失戀，失敗，失意？還是失去本身？啊，人生，或許不曾擁有，就不會為失去難過。」

荒漠的夜，一輪圓月高懸，人影站在岩壁之上，對月唏噓。

岩壁陰影下，早已熄滅的篝火散發最後的餘溫，一群黑袍人聚在一起，明智地無視了頭頂上方傳來的長吁短嘆。

就在半個小時前，他們成功逃出地下基地，與于峥他們簡單告別，分頭離開。至此為止，第二次訓練任務結束了。

至少，他們是這麼認為的。

「就一直讓他在上面不管嗎？」一群幽靈之中，只有心軟的盧凱文放不下那個對月狼嚎的傢伙，時不時地抬頭觀望。

「我們又能做什麼，打擾他對月長嘆的雅興？」胡唯說著。

陳霖也說：「他想發瘋，就由他去好了。」

「但是阿爾法教官那樣子好久了，真的沒問題嗎？不然我去看一看？」

「盧凱文，你就是太愛操心了。」胡唯道，「對那個傢伙你還有同情心？別忘了當時他是怎麼整我們的。」

「可是……」

「而且人家在崖壁上唏噓感嘆，想引過去的可不是你。正主不去，你去有什麼用？就讓他一直在那裡無病呻吟吧，我看說不定等會就把敵人也引過來了。」

陳霖放下手裡的東西，看著話裡有話的胡唯，半晌，站起身。

「我去看看。」

說完，沿著陡峭的山坡向崖壁上走去。

而原本從地下基地救出陳霖等人的唐恪辛，此時卻不見人影。

「問世間情為何物，直叫人……」

陳霖走上崖壁，阿爾法的思路已經完全不知道飄到哪去了，與現在他們所處的情況簡直風馬牛不相及。

看著對月興嘆的阿爾法，陳霖走到他身後，站定。

「教官，不指示我們下一步的任務嗎？」

「沒心情。」

「我們這次任務算是通過了？」

「呵呵。」

「接下來還有沒有第三關考驗？」

「看我心情。」

「是嗎？」陳霖覺得再和這人說下去，自己會忍不住揍他，「既然教官不想被人打擾，那我就先走了。」

陳霖不再多話，轉身就走。他已經仁至義盡，沒心思再陪阿爾法發瘋，這樣胡唯也找不到藉口來挖苦他了。

「等等！」一直背對著他的阿爾法突然出聲，「誰准你走了？」

「也沒有人要我留下來。」陳霖道，「我覺得教官您需要私人空間發洩您不滿的情緒，先告辭了。」

「站住！」阿爾法連忙喝止，「我有說要私人空間嗎？我對誰不滿了？你站在這裡把話給我解釋清楚。」

「解釋？我欠你什麼解釋嗎，教官？」陳霖不解道。

「欠的可多了，我一一問你。」

「好。」

「你什麼時候聯繫上唐恪辛，讓他來救你的？」

「事實上並沒有，直到他出現之前，我都不知道他會來。」

「哼，是嗎？那我再問你，如果當時你不知道他會來，你打算用什麼方法逃離地下基地？」阿爾法說，「難道你會坐以待斃？」

「總會有辦法的，我不會坐以待斃。至於唐恪辛出現，真的是意料之外的事情。」

阿爾法不相信，回過身來看著陳霖。

「不肯老實回答，嗯？」

直到這時，陳霖才看見他臉上多了一塊瘀青！阿爾法被人打了？

陳霖驚訝，「你……」

「我？是嗎，你看見這個了。」阿爾法摸了摸自己右眼上的淤青，「這是唐恪辛離開時順手留給我的禮物，說是對我好好照顧你的報酬。」

他冷笑道：「你剛才說我似乎有什麼不滿，嗯哼，或許有吧。不過在此之前，我有個問題要問你，那就是——」

阿爾法頭上的青筋跳了跳。

「那明明不關我的事，是你自己要求深入險境，唐恪辛那傢伙發什麼脾氣揍我！」

陳霖嘴角動了動，眼角頂著瘀青的阿爾法實在有些好笑，但是他又不得不忍住，不能在這個時候火上澆油。

「我真的沒說什麼，也的確告訴他，如果我出意外絕對和你無關。」

「你對他說，你出了意外絕對和我無關？」阿爾法挑眉，「是啊，這不是此地無銀三百兩嗎？我相信，你也絕對不是故意這麼對他說的，是嗎？」

「呃。」陳霖悄悄後退一步，「其實我那時候沒有想那麼多，沒想到他會誤會。」

「誤會？」阿爾法笑了，「還真是一個美麗的誤會。」

他從崖壁的那一頭走過來，腳步很慢，卻很穩，一步步地逼近陳霖。

黑幕下的沙漠分外寂靜，其他隊員的談話聲隱隱約約迴盪在風中，而在崖壁之上，陳霖只聽見了阿爾法低沉的嗓音。

「世界上最悲慘的是什麼？是失去，是一無所有？不，不是。」

阿爾法一步步接近，那雙在月色映襯下反射著光彩的灰眸，讓陳霖莫名覺得有些危險，下意識地後退一步。

「世界上最悲慘的不是你一無所有——而是你明明什麼都有，卻又什麼都沒有。」

他聽見阿爾法說：

「那種感覺，就像身邊有人歡笑，有人哭泣，有人為某件事物著迷，沉浸在他微不足道的幸福裡，而你呢？你根本無法理解他們的情緒。你無法理解他們的痛苦，更無法理解他們的幸福，你冷眼旁觀愚蠢的傢伙們為了細微小事喜怒哀樂，他們卻覺得無動於衷的你是個怪物。

「你無法理解別人，他們也無法理解你。即便什麼東西都唾手可得，可是拿到這些對我來說又有什麼意思呢？所以我什麼都有，又什麼都沒有。」

他停住腳步，站在距陳霖不到五公分的地方，摸著眼睛上的瘀青。

「唐恪辛那一拳打得還真是不輕。不過至少他打我的時候，讓我明白了什麼是痛苦。」阿爾法微笑，「所以我喜歡他。」

你不是喜歡他，你是喜歡他揍你吧。

「我建議你用藥敷一敷。」陳霖故作冷靜地遠離這個可怕的瘋子，試圖轉移話題，「不然明天瘀青擴散後會很難看。」

「對了，多虧你，除了痛苦，我最近也明白了另一種感情。」阿爾法沒有接他的話，自顧自地道，「你猜是什麼？」

陳霖沉默著，沒有回答。

「是憤怒。很奇怪，之前我對別人不曾有過這樣的情緒，但打從第一次見到你，我就覺得怎麼看你怎麼不順眼。」阿爾法道，「你知道為什麼嗎？」

「也許是天生不和？」陳霖說，「如果這樣，教官你應該學會眼不見為淨，我現在就離開，讓你清靜一點。」

「我准你走了？」

阿爾法壓低聲音，聽起來有些低沉。

「如果你再後退一步，我不保證有耐心克制住自己不要扭斷你的脖子。」

陳霖小心翼翼地收回後撤的腳步。這個變態一旦動起真格，他還真不是對手。

「聽話的乖孩子。」阿爾法滿意道，「繼續回到剛才的話題——為什麼我一看到你就心煩，看你做什麼都覺得不順眼？原因我想了很久，最近才找出答案，你想聽聽嗎？」

陳霖心想，你有讓我選擇不聽的餘地嗎？

「那是因為，看著你在那邊與其他幽靈玩團隊遊戲，互幫互助，我就覺得噁心。」阿爾法低笑，「那感覺，比自己做了某件蠢事更加糟糕，我真的忍受不了。為什麼呢？」

他湊到陳霖耳邊，「為什麼，你明明和我是同類，為什麼要裝好人，出手幫助別人？你以為你是誰？聖父嗎，上帝嗎？

「在海島上的時候丟下他們，自己一個人活下來不就好了？被關在倉庫裡的時候，用別人作擋箭牌不就好了？

「這次任務，反正合作的那些傢伙都打定主意犧牲自己，你就讓他們乖乖地死在基地裡，不是很好嗎？你為什麼要管這麼多閒事，啊？」最後一個字，幾乎是貼著陳霖耳朵吼出來的，聲音從耳膜直接傳進他心裡。

「做這麼多徒勞無功的事，難道你不累？遵從自己的欲望不是簡單許多？」阿爾法緊緊抓著陳霖的手臂，「明明是和我一樣冷漠的傢伙，卻做了這麼多多餘的事，難道你以為偽裝成善良的好人，你心底的野獸就不會跑出來了？」

陳霖無法動彈，阿爾法的聲音如魔音一樣環繞在耳邊。

「不，它還是潛伏在那，一直窺視著你，等待你放鬆警惕，然後……啊地一口，將你和你周圍所有人都吞噬乾淨！連一點碎末都不剩！」

阿爾法哈哈大笑，看著陳霖蒼白的臉色，手舞足蹈地拍起掌來。

「我真的太期待那一天了，看見你偽裝的面具被撕下來的那一天！快點來吧，快點到來吧！」

背後不知什麼時候被冷汗浸濕，看著眼前這個狀若瘋癲的傢伙，陳霖的眼神漸漸暗沉下去，右手悄悄伸向背後。

那裡有一把匕首，一把可以輕鬆地刺穿人心的匕首。

阿爾法還在瘋狂大笑，陳霖一直盯著他，汗濕的手掌握向匕首的手柄。

一陣狂風驟然席捲而來，緊接著是巨大的轟鳴聲，雷鳴一般炸開巨響，落在每個人的頭頂。

陳霖猛地一顫，抬起頭來，只見天空中數架直升機正在緩緩降落。唐恪辛聯繫的人到了。

阿爾法也冷靜下來，注視著突然到來的鋼鐵巨獸。

最佳的機會已經過了。

陳霖這麼想著，收回右手。那感覺就像阿爾法所說，他心裡的野獸，再次蜷伏了起來。

Chapter 12

特訓結束

唐恪辛從直升機上一躍而下，無視一旁的阿爾法，走到陳霖身邊。

「收起你的手。」

他站在陳霖身前，正好擋住了阿爾法的視線。

唐恪辛一隻手用力地按在陳霖的右手上，將他的匕首推了回去。

「不想此時喪命的話，就不要對他出手。」唐恪辛低聲道，「否則，死的會是你。」

陳霖抬頭，兩雙同樣深色的眼眸對視，好像有某種情緒在視線中傳遞。

這個男人突然躍下走到自己身邊，他還以為對方會說些什麼，誰知道竟然一語道破了他心底的想法。

就像阿爾法遇到陳霖就會憤怒一樣，陳霖有同樣的感覺。不過不是憤怒，而是蠢蠢欲動！

就像是兩塊磁鐵相互吸引，每次和阿爾法在一起，陳霖都覺得心中被壓抑已久的某種情緒，就快要爆發出來。那種不顧一切的瘋狂衝動，越來越難以克制。

所以，他才一時衝動地想對阿爾法出手。沒想到這一切還沒付諸行動，竟然這麼簡單地就被唐恪辛看穿了。

陳霖無聲地點了點頭，將手鬆開。唐恪辛依然沒鬆手，緊緊抓著他，好像是要確認什麼一樣。

「喂，你們當著我的面玩牽手遊戲？太過分了吧。」

阿爾法戲謔的聲音傳來，陳霖被唐恪辛擋住視線，無從看到他說話時的表情，但可以想見此時必定是一臉譏諷。

「管好你自己。」唐恪辛丟下一句話，拉著陳霖離開崖壁，「你的任務還沒完成，阿爾法，還有時間在這裡閒聊？」

「啊，任務？什麼時候的事，我怎麼不知道？」阿爾法驚。

「自己去問一號。」

「等等！你好歹給我個提醒啊！」阿爾法在後頭叫著。

陳霖任由唐恪辛拉著他走。

如果說阿爾法會引出他心中野獸的磁鐵，那麼唐恪辛就是消磁器！總是在他臨近爆發時及時出現阻止他，並且比任何人都瞭解他。

阿爾法瞭解的，只是陳霖心中潛藏的某一面，唐恪辛瞭解的，卻是陳霖怎樣努力抑制這一面，並且認真生活的每一天。

「剛才你說有任務，是特訓的後續任務嗎？」陳霖忍不住問。

「不關你的事，是阿爾法他自己的任務。」唐恪辛的聲音有些冷漠，「以後，不准擅自接近那個傢伙。」

「……為什麼？」

陳霖以為他會給個理由，比如阿爾法很危險，你還克制不住自己之類的，誰想到唐恪辛只是冷冷傳來一句。

「因為我不喜歡。」

陳霖愣了半晌，忍不住笑了一聲。這句話從一向冷靜理智的唐恪辛嘴裡說出來，怎麼就帶了些彆扭的味道呢？

唐恪辛喉嚨裡發出一聲低沉的哼聲，似乎也在不滿自己剛才竟然說出那樣丟臉的話，不過他也不打算收回就是了。

他們走近營地，一看到唐恪辛，所有幽靈都站了起來。

「教官，你是來公布下一個任務嗎？」胡唯問道。

走進營地前唐恪辛就鬆開了手，陳霖這時也走到幽靈之中，和自己的隊友們一起等待答案。

「不會再有特訓任務了。」

唐恪辛看著還不理解的幽靈們，又重複了一遍。

「不會再有特訓任務，這次特訓到此結束。乖乖在這裡待命，接下來會其他人員帶你們回去。」

一句話引起軒然大波，即使他們都克制著沒有議論，眼神中依舊露出了不解和懷疑。

「我想問一下，究竟是怎麼回事？」

最終，還是陳霖站了出來。

「之前透露的特訓流程，應該還會有第三次任務，為何突然終止了？」

「直接讓你們通過特訓不好嗎？」唐恪辛問他。

「雖然很高興能通過特訓，但是這種好像作弊的感覺並不令人舒暢，教官。」陳霖緊盯著唐恪辛，「請至少說一些可以告訴我們的理由。」

「理由？」

唐恪辛轉過身，看著後方的天空。

「你們想要的理由，就在那裡。」

順著他的視線望去，只見一架直升機從崖壁上盤旋起飛，而阿爾法正搭在下墜的繩梯上。直升機飛來，同樣投下一道繩梯。

唐恪辛單手抓住繩梯，留下最後一句話。

「我們沒有時間再留在這裡，這就是理由。」

轟隆隆隆——

載著兩名教官的直升機高升到空中，帶起巨大的旋風吹亂了地上的沙塵。幽靈們伸手捂住口鼻，陳霖卻透過指縫，一直看著天上的唐恪辛。

唐恪辛順著繩梯攀到了直升機機艙前，然而在踏進機艙前的一刻，他似乎若有所感地回頭，看了一眼。

陳霖感覺自己的視線和那雙冷銳的眼眸對上了。

什麼都沒有說，什麼都沒有表示，唐恪辛只是看了他一眼，隨即便一頭鑽進機艙。

很快，直升機就帶著所有A級教官，消失在他們眼中。

直到機翼旋轉的轟鳴聲漸漸遠去，地上的幽靈們才回過神來。陳霖沒有說話，胡唯卻是若有所思。

「竟然匆忙地同時撤離所有A級，看來真的出了大事。」

陳霖聽見他的話，不置可否。

畢竟地下世界，就從來沒有安寧平和的時候。

三小時後，前來帶陳霖他們返回地下世界的領路人終於出現。

於是，又是一路轉換交通工具，蒙眼，盲走，直到最後，他們才在一個類似入口處的地方停下。

這是通往地下世界的入口之一，然而世上究竟有多少個入口，恐怕就連管理層自己都算不清楚。

這些入口都是出於不同目的，為了不同任務，在不同時期，經過長年累月打造出來的。

這些入口彷彿蛛網般四通八達，很可能你身邊某個不起眼的角落，就有著一個不起眼的入口。然而若沒有引路人指引，尋常人一生都不會注意到。

這是一個與人類社會緊密聯繫的世界，這也是一個被人類社會遺忘的世界。

和其他隊員一起重新踏進那片黑暗中時，陳霖突然想起第一次自己來到這個世界時的情景。

彷徨、迷惘、不知所措，卻強作鎮定。

明明還沒過去多久時間，如今看來竟像是上輩子的事情。

那時候在自己葬禮上哭暈過去的母親，她現在還好嗎？

那時候帶領自己來到這個世界的引路人，又帶了多少個無知的靈魂過來？

是從什麼時候開始，自己不再害怕地下世界？

是從什麼時候開始，他心中定下了目標？

又是從什麼時候開始，他擁有了身旁的這些伙伴？

踏進黑暗前的最後一刻，陳霖想起唐恪辛臨走時的回頭一望。

像是有很多話想要說，又什麼都沒說。

終於，光明被拋棄在身後，經歷了一連串磨難的幽靈們再次回到了他們的巢穴。

回到久違的地下世界，一切都沒有改變。幽靈們不斷出任務，不斷工作，不斷爭取活命的本錢，不斷以極小卻又堅定的步伐朝未來前進。唯一不同的是，現在有更多幽靈稱呼陳霖為「隊長」了。

陳霖回來的第二週，同樣外出執行任務的許佳也回來了。這個丫頭聽到這麼多人喊陳霖隊長，登時就不滿了。

「胡唯，是不是你搞的鬼！離開之前，隊長明明只是我一個人的隊長，為什麼不過離開了一個月，隊長就成了這麼多傢伙的隊長！」

許佳現在也是小有成就的「替身」職業者，一般難度的任務已經難不倒她。不過這位小有所成的職業者，卻對被剝奪了自己擁有的特權而感到不滿。

「妳和我說沒有用。」胡唯笑，「妳去找陳霖啊，告訴他這個稱呼是妳專屬的，讓他不許別人這麼喊。」

許佳一下子就說不出話了，和陳霖一起通過特訓回來的幽靈，哪個不是他們之中的佼佼者。許佳可不敢隨便得罪那些傢伙。

不過她更加佩服陳霖了，竟然能把那麼多厲害的傢伙都收歸麾下。

「隊長，跟著你是我這輩子最英明的決定！」

胡唯發出一陣嘲笑，許佳立刻惱羞成怒地瞪他，兩人又混戰在一塊。

這樣和平的情景持續了大半個月。

而一個月之後，陳霖按捺不住了。

為什麼？不是因為他不願意繼續平靜地生活下去，而是因為他清楚地發現，這平靜只不過是暴風雨來臨之前的假象。

這段時間，地下世界的A級幽靈就好像集體消失了一樣，一個都沒有出現。陳霖對面的那張床，也空了一個月。

Chəpter 13

準備

A級幽靈不見蹤影，地下世界群龍無首。

這種情景持續了一個月有餘，地下世界看似一切如常，然而其秩序已經在不知不覺間發生了變化。

缺少強大A級的管束，幽靈之間的氣氛瞬間緊張了很多，地下世界爆發了更多的摩擦，因鬥毆和糾紛導致的傷亡顯著增多。要不是還有B級幽靈在中間斡旋，傷亡人數絕對不止目前這個數字。

就像是失去領袖的狼群，不安和騷動在地下世界瀰漫，在這種危險氣氛下，就連盡量低調的陳霖，都不免遭受波及。

完成清掃工作，獎勵一千點。U-E010，剩餘點數三〇〇九。

這天，完成工作任務，許佳滿意地看著自己的存款，稍稍欣慰了一會。轉過身，她見到旁邊也在查閱點數的陳霖，便把頭湊了上去。

「隊長，你現在有多少點……咦！不會吧？」

看著陳霖面前螢幕上顯示的資訊，許佳瞪大眼睛，滿臉不可思議。

U-C700，剩餘點數一一〇八二。

「C、C級！隊長，你什麼時候升到C級了？」

C級是個分水嶺，是普通幽靈與精英的區別，達到C級，才算是在這個紛亂的地下世界擁有了落腳之地。

「噓，小聲點！」

怕許佳的大嗓門引起關注，陳霖連忙堵住她的嘴，他可不想在這個時候引來麻煩。可是，顯然已經晚了。

同樣在大廳裡的幽靈，頻頻側目向陳霖看來，眼神中沒有絲毫善意。

該來的麻煩恐怕還是躲不掉。

陳霖嘆了口氣，把許佳拉到一邊，悄悄對她說：「妳先一個人到外面轉一轉，確定沒有人跟蹤妳再回房間。」

「怎麼回事，出什麼事了隊長？」

見陳霖嚴肅表情，許佳才意識到事情不妙。

「是我說錯話了嗎，是我給你惹麻煩了嗎？隊長！我不走，我要是走了，你一個人留在這裡太危險了。」

「對我來說，妳繼續留在這裡才更危險。」

「你的意思是，我會拖累你？」許佳難過道。

「是。」

陳霖毫不留情地說，「如果妳不想拖累我，現在就走！」

許佳咬了咬牙，最後看了陳霖一眼，從左邊出口出去了。

陳霖側對出口，用眼角餘光觀察周圍動靜，直到許佳安全離開，他才鬆了口氣。

接著，他裝作剛剛查詢完資料，收回ＩＤ卡，手插口袋，慢慢向右邊出口走去。

噠，噠……

每走一步，他都能感覺到凝聚在自己身上的視線越來越沉重，隨著他走近門口，那些幽靈幾乎是明目張膽地在打量他。

陳霖右腳輕輕向前一步，踏出大門，他身後的幽靈再也按捺不住，率先撲了過來。

「交出你的ＩＤ卡，小子！」

早有準備的陳霖閃身躲開，趁勢伸手扣住對方手臂，將偷襲者整個人摔了出去，阻擋其他幽靈的步伐。

藉著大家愣住的瞬間，陳霖大步衝出大廳。等他跑出一段距離，其他幽靈才反應過來，迅速追趕上前。

「追！」

幽靈們極有默契分頭攔截陳霖。他們未必互相認識，但是在這種情況下卻同仇敵愾。

這些知道陳霖升上C級，其他幽靈絕不會輕易放過他。即便陳霖只是個半新不舊的新人，即便他只是C級吊車尾，也絲毫不能動搖他們的意志，反而更加堅定了他們的信念。

想要除去未來的競爭對手，不趁他弱小時先下手為強，還要等到什麼時候呢！

A級久出未歸，B級人數稀少，升上C級就相當於爬上高層的第一步！每個幽靈此時心中都蠢蠢欲動，領先一步的陳霖，更勾起了他們心底的嫉妒與貪欲。

這個傢伙，只要除去這個傢伙，自己就有更多機會爬到高位了吧！

平日總是寂靜的地下世界，難得地出現了一幅眾人追逐的場面，而陳霖在多路圍剿之下，似乎也陷入了絕境。

通道唯一的出入口都被對方堵住了，現在他站在通往地獄柱的長橋上，進退兩難。

幽靈們放慢腳步，等著來個甕中捉鱉。他們幽幽地注視著陳霖，就像是真正的幽靈在窺伺著活人。

怦怦！怦怦！

心臟飛速跳動著，陳霖精神高度集中，他看著身前身後堵得水洩不通的追趕者，發現自己已經沒了後路。

就這樣放棄嗎？就這樣被他們拿下，接受自己失敗的命運？

不，絕不！

站在長橋邊緣，下面是深不見底的深淵，身旁則是虎視眈眈的幽靈，他該如何抉擇？

做出決定只用了一秒！

陳霖深吸口氣，加快速度向前小跑了幾步，然後，在前方堵截者驚詫的目光下，縱身跳進橋下的深淵。

「隊長！」

幾乎是在陳霖跳下去的同時，剛剛帶著援兵趕來的許佳，發出聲嘶力竭的一聲呼喊。

「隊、隊長……」

她踉踉蹌蹌地後退兩步，親眼看到陳霖躍下深淵的畫面讓她受了不少打擊。

「都怪我太笨，才害得隊長葬身崖底……嗚嗚，這樣隊長九泉之下也不會瞑目啊！」

「妳在說什麼？」一旁，得到消息趕來的胡唯滿臉黑線地看了她一眼。「妳好好看清楚，人沒死，別忙著在這裡哭。」

「你說什麼？」

「看下面。」

隨著胡唯提醒，許佳向橋下看去。

下一層的長橋上，陳霖剛剛直起身子，好整以暇地拍了拍手上的灰塵。

他竟然沒有摔進深淵，究竟是怎麼做到的？

「陳霖不是往深淵跳，是往下一層的橋面跳。他抓住下一層橋面穩住身體，然後爬了上去。」胡唯解釋道：「他怎麼可能沒有勝算，就隨便以身涉險？」

「可、可是……」

「這一個月來，你以為他一直在白白浪費時間，沒有做準備？」看著從下一層長橋走回居住區的陳霖，胡唯道，「他不是甘心空等的人。」

「準備？為什麼要做準備？」許佳結結巴巴問。

「無論是拚命鍛鍊自己的實力，還是努力完成任務，在短時間升到C級，陳霖做這麼多努力，都只是為了一件事。」

「為了什麼？」

「為了活下去。」

在這個動亂時刻，陳霖必定要抓住即將到來的機遇。為了他自己，也為了更多人。當然，或許還有其他目的，不過，那只有他自己才知道了。

看著被隊友們團團圍住的陳霖，胡唯頓了頓，也迎了上去。

「怎麼樣，被狂熱追逐的滋味如何？」

「我可不想再體驗第二次。」陳霖苦笑。

「你大意了。」胡唯道，「這種時候，一個火花就足以點燃他們。太久沒有A級的消息，不光是我們，甚至連留守的B級都在動搖。」

陳霖沉默。

不僅僅是沒有官方消息，就連唐恪辛每天三次必不可少的聯絡，也在兩週前毫無預兆地中斷了。

從那一天起，陳霖明白，A級那裡一定出了嚴重的情況，才會讓唐恪辛無暇他顧。

「瞧，說曹操曹操到。」

胡唯看著陳霖身後，突然說了這麼一句。

回過身，老么，還有一個穿黑大衣的傢伙從後方走了過來。陳霖覺得有些面熟，忍不住多看了幾眼。

穿黑大衣的幽靈凶狠道：「看什麼看！沒見過鬼啊？」

陳霖想起來了。這不是之前常來找唐恪辛打架的幽靈嗎，他還賠了他們一張桌子呢！

「你引起了不小的騷動啊。」老么開口道，「不過這樣正好，至少我要找你也不費事了。」

「你有事找我？」陳霖問。

「是啊，有事。」老么咧嘴一笑，「生死攸關的大事。」

Chapter 14

生與死的選擇

房內，陳霖、老么，還有那個一臉不耐的黑衣幽靈面對面圍坐。至於其他幽靈，像是胡唯、許佳和盧凱文等，都被阻攔在外，無法參與這次密談。

「關於最近的情況，你有什麼想問的嗎？」

老么率先開口，沒有提到他口中生死攸關的大事是什麼，倒是問了一個問題。

「我想不明白的很多，想要問的也很多，但是你們能告訴我的又有多少？」陳霖道。

老么笑：「不多不少，至少足以讓你瞭解現在的情況。對了，我還沒向你介紹。」他指著身邊盯著唐恪辛養的烏龜發呆的黑衣幽靈，「你可以稱呼他為賽文，他的ＩＤ是01。」

陳霖吃驚不小，「A001？」

現在地下世界還有A級？

「哈哈，很可惜，不是A001。」老么哈哈大笑，旁邊的黑衣幽靈也翻了一個白眼。

「雖然他本人也希望如此，不過很遺憾，他只是B級。」老么大笑，「好了，賽文，你有什麼話自己說吧，這裡沒有別人，我可不想當你們的傳聲筒。」

即使是B級，也是一號，陳霖第一次正式與領頭人物見面，不免多打量了賽文幾眼。

這就是與A級僅一步之差傢伙？那麼說來，他就是目前A級不在的情況下，地下世界最強的幽靈？

但為什麼之前他來找唐恪辛的時候，每次都表現得像個智障？

而等賽文開口，陳霖就沒有時間在意那些細節了。

「我想說的只有一點。」賽文道，「我知道那些A級去了哪裡。」

他聲音沉穩，不急不躁，不輕不重，陳霖很熟悉這種語調。

似乎所有A級都用這樣漫不經心又充滿自信的語氣說話，唐恪辛平時也幾乎都是這樣的語氣，當然，阿爾法那個怪胎除外。賽文雖然還不是A級，但他顯然掌握了A級說話的方式。

只聽他繼續道：「A級外出執行祕密任務，現在被困在某個地方。具體情況我不清楚，只能確定從A001到唐恪辛，所有A級幽靈都被困住了。」

「他們有危險？」

「不能說沒有。」賽文答道。

陳霖沉吟一會，「你告訴我這些，不會是打算帶人營救他們吧？」

「如果我說是，你會怎麼做？」賽文問。

老么此時也看過來，他們都在等陳霖的答案。

「我不會答應。」

陳霖毫不猶豫地回答。

「如果是唐恪辛他們都無法解決的敵人，我們去了只是送死。我不會去。」

賽文冷笑：「懦夫！為了保全自己的性命，你打算就這麼棄唐恪辛於不顧？即使你的命有好幾次都是他救回來的？」

老么看了看賽文，沒有多說什麼。

「那你想怎麼做？一時衝動前去救人，再把自己的性命也搭在那裡？與他們一起死，就是你所謂的勇敢嗎？」陳霖道，「把雞蛋放在同個籃子裡，不僅魯莽，而且還無法再報仇。」

「報仇？」老么驚訝道。

「報仇。」陳霖道，「如果唐恪辛真的因此葬送性命，我會記住殺死他的人的名字。無論經過多少年，無論要等多久，早晚有一天，我會割下對方首級，為他報仇。這是現在的我唯一能做到的事。」

「隱忍與等待。」老么道：「這是世界上最困難的兩件事，你確定能做得到？何況，你認為你有能力替他報仇嗎？」

陳霖回答：「如果不去做，那就永遠做不到。」

「為了唐恪辛，你真會做到這種地步？」賽文問。

陳霖看著他，「正如你所說，我欠了他好幾條命。而且——」他壓低聲音，「不僅是因為欠他，我本身也想這麼做，不為了什麼。」

不為了什麼？

老么想笑，陳霖的話聽起來簡單，要做到卻是一個漫長而艱難的過程。

他真的願意為唐恪辛這麼做，僅僅是為了那幾次人情，還是有著更深一層的理由？

「不過這些前提都不會成立。」陳霖突然道，「唐恪辛不會死，這次任務也不會失敗。我現在要做的，只有不斷提升實力，等待他回來，盡我所能地幫助他。」

「你說他不會死？」賽文哈哈大笑，「你知道他們這次踏入了什麼樣的陷阱？」

「我不知道。」陳霖說，「但是我認為，無論遇到何種危險，他都不會輕易死去。我相信他。」

「說得好聽。」賽文冷哼一聲。

「好了好了，我們問這麼多，也不是一定要你們去營救A級，只是試探你有什麼想法而已。」老么連忙打圓場，「事實上，在那種實力的對手面前，我們去了也只會拖後腿。」

「那你們……」陳霖疑惑。

「我找你是為了另一件事。」老么道，「王對王，將對將，小兵對小兵。A級他們有對手要對付，我們同樣也有要應對的敵人。」

說到這裡，他的臉色變了變。

「這次的麻煩不僅僅針對A級，很快我們也會面臨一個大麻煩。」

在只有三個幽靈房間裡，老么聲音幽幽傳來。

「接下來我們要討論的，才是生死攸關的抉擇。」

死亡，就像鋒銳的刀尖在皮膚上跳舞，它劃破動脈，血液從喉嚨緩緩流出，像是死神盛起的一杯美酒！

殺手拋下屍體躲到暗處，在黑暗中向下一個目標前進，身後是無數被送葬的死者。

他很清楚，前面的敵人只會更多。

滋滋。

耳機裡傳來電流聲。

「你那邊情況怎樣？」

殺手走到隱蔽處，回道：「前進了五十公尺。」

「速度這麼慢？」耳機裡的聲音道，「我們這邊撐不了多久，很快就要被迫轉移，到時候無法再提供支援，你將孤軍奮戰。要退回來嗎？」

殺手看著身後殺出來的血路，再看看眼前不知盡頭的道路。

「不，我繼續前進。」

耳機裡安靜了一會，又傳來一個聲音。

「喂，喂，辛辛嗎？你在那邊等著，我去援助你，英雄救美好不好？」

唐恪辛皺眉，很想將耳機裡這個聒噪的聲音靜音。這麼煩人的傢伙不用猜就知道是誰，阿爾法。

阿爾法還在那邊喋喋不休。

「等我一分鐘，馬上到，等著啊！」

下一秒，耳機裡又換成了最初那個冷靜的聲音。

「一分鐘後我們撤離，阿爾法去支援你。」

「嗯。」

「無論你們的行動成功與否，都不要再聯繫我們，以免洩漏通訊信號。祝好運。」

隨著最後一聲話音落地，耳機裡只剩電磁干擾的滋滋聲。

唐恪辛握緊手中刀柄，視線投向前方，迅速沒入黑暗之中。

另一邊，阿爾法正準備行動，卻被人喊住。

「帶上這個。」

那是個黃色的圓球，只有掌心大小。

阿爾法接過對方遞來的東西，看清後一下子流出冷汗，小心翼翼地收好。

「不是吧，連這個都要帶？」

「緊要關頭，你們無法逃生的話就引爆它。」

阿爾法沉默了。這個小圓球的爆炸威力相當於一顆小型ＴＮＴ炸彈，啟動炸彈的後果，就是他和唐恪辛，包括敵方那些人都無一生還。

這是同歸於盡的最終手段。

「其實我不贊成你們去刺殺敵人。」遞給他炸彈的幽靈道，「還不如一起撤退，保存戰力。」

「那可不行。」阿爾法笑道，「如果不把他們的人手都幹掉，我們基地的位置豈不是要曝光了？」

對方沉默。

這次危機遠超所有人的預想，本以為只是普通的戰鬥任務，沒想到對方拖延住A級幽靈，目的竟然是為了搜尋他們的地下大本營。

世界上所有與幽靈對抗的組織和傭兵團都參與了行動，他們一方面派出大批人手困住A級幽靈，另一方面在世界各地尋找地下世界的入口。

一旦入口曝光，沒有A級幽靈守護的地下世界，就會被他們一網打盡。

這是有史以來最嚴酷的挑戰，失敗的結果將是全軍覆沒。

唐恪辛要去刺殺的目標，就是正在搜尋附近入口的一支傭兵軍團。對方只差一步就要找到入口了，唐恪辛和阿爾法必須在事態不可挽回之前，阻止他們。

「即使阻止了這一次，還有無數人在世界各地尋找入口，他們找到入口只是早晚的事。」

那個與阿爾法對話的幽靈說。

「是啊，早晚都會被找到，但是對於唐恪辛來說意義不同。」阿爾法笑了笑，「那傢伙希望能晚一點是一點，哪怕只有一秒，他也想多拖延一點時間。」

「為什麼？」

「或許只是因為他想這麼做吧。」阿爾法嘴上敷衍著，心裡卻再清楚不過。

還能為什麼？要是不拖延時間，等待著地下世界幽靈的，只有死亡。

在生存和死亡之間，弱者沒有機會選擇。

唐恪辛之所以這麼努力，只是為了讓陳霖有機會做出選擇。

Chapter 15

風雲驟起

「現在境內一共有三百五十一個入口，每個入口都有固定人員把守，隱藏得都極為隱蔽，按理來說不需要我們擔心。」

臨時成為指揮中心的房間內，老么在攤開的地圖上來回比劃。

「相對而言，更容易曝光的是我們位於境外的入口，我從中篩選了幾個被攻破機率較高的入口。」老么指著地圖上某一處，「這是中東地區的入口，這是太平洋孤島上的入口，還有這裡。」

陳霖看著他手指的位置，不禁吃了一驚。

那是一片沒有海島的海域，難道在一望無際的海面下，還潛藏著地下世界的入口？

「入口在海底。這裡靠近美軍的海外軍事基地，我們平時不常使用，但是我懷疑這裡會成為對方的突破口。」老么說，「根據情報分析，這個入口的位置，很可能已經被敵人發現了。」

「怎麼說？」

「十小時前，我們收到一段匿名訊息，提醒我們會有入侵者從這個海底入口入侵。」

「匿名訊息？」

「那段訊息沒有留下通訊紀錄，信號也是發自陌生頻道，我猜測是A級留給我們的線索。」賽文說，「現在世界各地的敵對組織，都在不斷向下挖掘，想把我們從地底挖出來，曝光於烈日之下。」

陳霖皺眉，「全世界？」

「傭兵、獨立武裝，甚至還有外國政府祕密贊助的武裝組織。總之，這次我們麻煩大了。」老么道，「以地下世界目前的實力，不可能抵擋得了他們。」

「上次與我們作戰的禿鷲也參加了這次行動？」陳霖問，「會不會就是他們領頭的？」

「我想禿鷲在這次行動裡的地位不言可喻，但是要指揮這麼多武裝組織，領頭者不可能只是一個小小的傭兵組織。」

老么挑眉看向陳霖，「你還記得上次我們的特訓任務嗎？最後一個任務是讓你們去一處祕密基地與人合作，竊取情報。」

「記得。」陳霖驚愕，「難道是因為這個，所以對方來報復我們？」

「不是報復，是交換。」賽文開口道，「你不覺得情況很奇怪嗎？所有A級都被調離，地下基地即將遭到入侵，但是——」他伸出手，指了指上面。

「管理層到現在都沒有對我們發出警告，甚至沒露過面。你知道這意味著什麼？」

陳霖仔細想了想，一股寒意從心頭冒起。

「我們被放棄了。」

「不錯。」賽文冷哼，「我想，這應該是上面的人與外面做的某種交易。我們竊取了重要情報，那些外國佬找不出證據直接針對上頭的大佬，於是，我們就成了出氣筒，也是被放棄的棋子。」

他繼續道：「上面放棄我們，算是自斷一臂，損失卻不會太大。畢竟A級已經全部調出去了，而B級以下的幽靈，只要他們想，隨時可以重新製造一批。敵人剿滅我們這些棄子，最起碼也消了火氣，這就是一場交易。

「管理層這次得到的情報一定超乎想像地重要，重要到能讓他們放棄地下世界，也毫不猶豫。」

「政治博弈不是看表面輸贏，而我們這些不夠優秀，又有一定價值的棋子，就不幸地成了他們對弈的道具。」老么無奈地笑了笑，拍拍手掌，「好了，不提這些了！既然知道不會有人來救我們，我們只能自救。」

聽著這段對話，一直籠罩在陳霖心頭的迷霧漸漸被吹散了。

地下世界究竟是什麼？

它為什麼能擁有這麼大的勢力，能夠隨意操縱人的生死？

它培育幽靈目是什麼？

一切都有了答案。

試論現代社會，能有哪個組織具有力量操控他人生死，建立龐大的地下世界，與世界各地武裝力量競爭？

這樣強大的組織，放在任何一個國家都不可能被當權者忽視，一定會被全力清剿，地下世界卻順利地發展了這麼久。

綜合所有線索，答案只有一個——建立這個龐大地下世界的勢力，本身就掌握著國家政權！

換句話說，這是一個屬於國家機器的祕密力量。

想明白了其中關節，陳霖隨即苦笑。他能知道這一步，和老么他們若有若無的提示有關。他們不再隱瞞這些祕密了。

如今，這個龐大的地下世界，已成了當權者的棄子。

「陳霖，你有什麼想法？」老么問，「是調動剩餘的人手堵住海底入口和他們決一死戰，還是縮在防禦設施完備的中心地帶做困獸之鬥？」

「這麼做的話，我們有幾成希望？」

「不到四成。」老么誠實道，「留在地底的B級不到三百，C級一千，剩下的全是實力不堪一擊的低級幽靈。對方完全可以輕易碾壓我們。」

陳霖接過話來，喃喃自語：「尤其盯上我們的不只一個組織，還有境外勢力在背後出手……我們是被放棄的棋子，沒有人在意我們的死活，除非……」

他沉默了一會，漆黑的眼瞳突然閃過一抹光芒。

「我有新的主意。」他壓低聲音，每說出一個字，心臟就加速跳動一拍，幾乎要從喉嚨裡跳出來。

「我有一個方法，可以讓留在這裡幽靈全都安然無恙。」

賽文和老么對視一眼，望著陳霖。

「什麼辦法？」

陳霖深吸一口氣，抬起頭，視線似乎穿過了屋頂，越過層層遮擋物，看到他遠遠不能觸及的天空。

他一字一句道：「我們離開這裡。」

老么和賽文一時還不理解他的意思，然而陳霖心裡已經做出了決定。

既然他們被放棄了，那麼為何不再次從墓地裡爬出來，為自己爭取一絲希望呢？

同一刻，千里之外的海底入口，一場入侵與反入侵的較量如火如荼地進行中。

「尤法爾小組，尤法爾小組！聽到請回答，請回答！」

通訊器裡只傳來一聲悶響，隨即沒了聲音。

聯絡人額頭冒出冷汗。

「尤法爾的巡邏小組失去消息了！」

「是幽靈！那幫不死心的A級幽靈還想阻止我們。」

「聯繫另外一組，快！」

「魯夫小組，魯夫小組，請注意，敵人正在接近。」

「這裡是魯夫——啊！滋滋……」

通訊突然中斷，聯絡人心中升起不祥的預感。就在此時，魯夫小組的聯絡頻道裡傳來一個陌生的聲音。

「不好意思，他們沒辦法接聽了哦。」這個聲音笑嘻嘻道，「不過不用遺憾，我們很快就會讓你們在地下重聚。」

通訊結束，聯絡人渾身僵硬。

「幽靈！魔鬼，這些魔鬼！」

他們果然是真正來自地下的惡魔！

「怎麼了？」

後面突然有人拿走他手中的通訊器，聯絡人愣愣地回頭，顫抖著道：「周邊的巡邏小組全、全滅，幽靈他們過來了！」

「這麼快？」

與臉色蒼白的聯絡人不同，說話者露出迫不及待的笑容，隨即轉過身，對身後的同伴大聲招呼道：「老貓！快點，好戲就要開始了！」

正在負責查看地下入口挖掘進度的老貓，抬頭看了他一眼，沒出聲。

邢非也不在意，他握緊手中的通訊器，嘴邊掛起詭異的笑容。

「報仇的時刻，終於到了。」

看著通道盡頭的黑暗，他知道不用再等多久，給他留下恥辱的傢伙就會過來。那時候，就是他報復盛宴的開始。

這一刻，地下世界的幽靈們面臨著屠殺的威脅。

這一刻，A級自保撤退，只有唐恪辛和阿爾法殺進敵方中心。

這一刻，陳霖心裡隱藏已久的想法，似乎終於能通過另一種方法實現。

風雲驟起，一場變革即將席捲。

阿爾法扔下通訊器，回頭招呼唐恪辛繼續前進，卻看見那傢伙蹲在地上，不知道在忙什麼。

「你在幹嘛？」阿爾法湊過去。

「沒什麼。」唐恪辛起身，甩了甩手中劍，將某個飾物塞回衣領，「繼續。」

說罷，移步先行。

阿爾法看著他的背影，突然掏出手機。只見手機螢幕上，代表著訊號的那一格正在微弱地閃爍著。

「有訊號啊……」他嘀咕。

有海底電纜的地方當然會有訊號，可是在這種危急的情況下，唐恪辛是在發送訊息給誰呢？

千里之外。

嗡嗡——

手腕上傳來久違的震動，陳霖一愣，幾乎顧不得掩飾，直接抬起手環查看。

「不要擔心。」

僅僅四個字，就讓陳霖浮躁的心立刻沉靜下來。

「怎麼了？」老么奇怪地問，「你剛才說離開這裡，那我們去哪裡？」

陳霖抬起頭，久違地露出笑容。

「我說——」

他深吸一口氣，發現自己幾乎想不起走在陽光下是什麼感覺。

「我們回去吧，回地上世界。」

既然世界要幽靈滅亡，那他索性就放棄幽靈的身分，重新做人！

「什麼？你在開玩笑嗎？」賽文揪起他的衣領大吼，「現在這種情況，我沒空聽你那些不切實際的幻想，給我清醒一點！」

陳霖被他抓著衣領，幾乎喘不過氣，卻呵呵笑了。

「我說你，賽文，你是什麼時候，因為什麼原因，被帶到這裡來的？」

賽文臉色一變，鬆開了抓著陳霖的手。

「雖然不是很清楚，但是我大概能猜到地下世界選擇幽靈的依據。」陳霖說，「像是許佳，像是唐恪辛，他們不是與正常社會格格不入，就是被主流價值厭惡。而我——」

他道：「現在我想明白了，那時候的我雖然活著，卻與行屍走肉無異。不願意回家面對父母失望的眼神，不願意承認自己一次又一次的失敗，麻木地自我放逐。我也曾不止一次地想過，能夠去死就好了，能夠放下這些負擔就好了。」

他笑了笑，看向賽文和老么。

「或許是地下世界的引路人聽見我的心聲，才將我帶到這裡。我該感謝他實現了我的願望嗎？不。諷刺的是，在得知自己不能作為人類生活下去後，我才開始後悔，後悔自己沒有珍惜以人的身分活在世上的最後一段時光。

「我曾經是一個人，後來成了幽靈。現在，我想重新做回一個人。」

陳霖問。

「你們呢？」

——《死而復生03》完

Side story

一個叫陳霖的男人死去了

上

一個叫陳霖的孩子出生了。

他的父親雙手抱起他幼小的身體，撫摸他通紅皺漲的小臉，拍拍他因為哭泣而不停起伏的小胸膛。男人喜悅的淚水灑在孩子的臉頰上，滾燙，火熱。

「霖霖，你叫陳霖，以後就是我陳家的兒子！」

他把孩子高高舉起，像是舉起人生中重之又重的珍寶。

陳霖一歲的時候，比其他孩子更早識字，牙牙學語地背出了唐詩。年輕的夫妻高興地把他抱在懷中，親親他的小臉蛋。

「我兒子真是天才！」

天才是什麼，大概就是比人早知世事吧。

陳霖從幼稚園到大學，一直都是人們口中的天才，其他父母口中「別人家的孩子」，學校名譽榜上總是貼著他的照片。他永遠是父母眼中的驕傲，即便有時候他對這種驕傲避之不及。

然而，這種狀況在某一天改變了。

「聽說了嗎？陳家兒子考上公務員，結果因為不肯送禮，被刷下來了！」

「哎呦，多可惜啊！那可是鐵飯碗。」

「送點禮就好了嘛，他們家偏偏不肯送。筆試第一又怎麼樣，還不是照樣被拒絕？」

「要我說，他是讀書讀傻了吧。」

「啊呀，陳太太……」

陳霖的母親提著菜籃，尷尬地站在眾人視線之中，她匆匆對鄰里們點了點頭，又匆匆離開。

她害怕面對那些刺骨的視線，那些七零八碎的議論，那些不懷好意的故作嘆息。

她回到家，將買好的菜放進廚房，走到書房前輕輕敲了敲門。

「霖霖。」

沒有人回應，她推開門進屋。

陳霖背對著她坐在書桌前的電腦椅上，二十多年來，在父母眼中他永遠是這種伏案的姿勢。

作為父母的他們，看到陳霖這副刻苦模樣也總是既驕傲又滿足。

然而今天，陳霖的背影看起來有些落魄。

「霖霖。」

陳母又喊了一聲。

「還在看書嗎？」

陳霖若有若無地應了一聲。

陳母捏著手指，拘謹地站在房內，看著滿桌的複習資料和堆滿櫥窗的獎狀，許久，她咬了咬牙，像是終於做出了決定。

「不然我們別考試了，不考公務員了。」

陳霖倏地抬頭，望向母親。

陳母被他幽幽的眼神望得愣了一下，還是道：「我和你爸昨夜討論了一下。霖霖，也許你不適合去公家機關，那些單位太壓抑，規矩又多，不適合你。」

「不適合我？」

陳霖從喉嚨裡擠出一句，像是疑問。

陳母小心翼翼地看著他的表情，見陳霖沒有反對，繼續道：「我們還是出去找工作吧。你學歷夠，學校和科系也都那麼好，沒理由找不到好工作。」

「媽，這是妳和爸的決定嗎？讓我去公司工作。」陳霖問，「你們之前不是希望我進公務機關？」

「在我們這種小地方，當官要靠門路，你又……」

陳母說到一半止了聲，嘆息，「霖霖，不然我們再讀書吧，你去讀個碩士，出來以後也好……」

「不用了，媽，我出去工作。」陳霖合起複習的書本，「我都二十三了，不能再靠你們供我讀書。」

他的眸子緊緊盯著闔上的複習資料，心裡其實有一團火。

面試失敗的時候、被鄰里嚼舌根的時候，陳霖並不是無知無覺。他不是木頭人，也有脾氣，他也曾是一個天之驕子。他不是無法接受失敗，而是無法接受這樣的失敗。

因為不服從潛規則，而被打斷一身錚錚傲骨，他不甘心。

陳霖在網上投了求職簡歷，很快收到好幾家公司遞來的橄欖枝。

他父母說的沒錯，他成績優異，履歷優秀，招聘的公司沒可能不看中他。

經過雙向選擇後，陳霖簽了一家不錯的公司。

他重新成了值得父母驕傲的兒子，之前的失敗好像是一夜風雨，天晴之後不見痕跡。

然而，戲劇化地，失敗再一次降臨。

「陳霖？這份文件是你處理的吧」。」

當上司把一份文書扔在陳霖面前時，他有些手足無措。他拿起文書仔細看了看，抬頭道：「不是我做的。」

「不是你？」上司皺眉道，「檔案上寫著你的名字，其他人說不是他們做的，也不是你做的，那是鬼做的嗎？我不管誰做的，今天改好！也不看看寫了什麼垃圾東西。」

上司發完一通脾氣後，把文件扔在陳霖桌上就走了。

他的聲音很大，周圍的人都有注意到，但是沒有一個人為他說話，也沒有一個人和他攀談。

這份文件是上個月上級部門安排下來的一項專案，陳霖所在的小組分配了工作，每個人各自負責其中一部分。

陳霖腦筋快，做事利落，很快就完成了自己的部分。

有人請他幫忙，他沒有拒絕，只是在最後負責人簽字時補了一句。

「請加上我的名字。」

對方一愣。

「這份文件我協助你完成，請在負責人裡加上我的名字。」

陳霖這麼說的時候，只是想著自己處理過的文書，也應該承擔一份責任，然而在旁人看來，他就是想搶功勞，畢竟他們小組有定期的績效考核。

「哈哈，好啊。」那個同事訕訕笑著，答應了。

那就是陳霖手中的這份文件。

負責人的確寫了他的名字，而且僅有他一個人的名字，內容卻已經面目全非了。

陳霖蹙眉看著文件。

這時候，有人走過來拍拍他的肩膀。

「怎麼樣，陳霖？你不是想要負責嗎，你就負責到底好了。」陷害陳霖的同事志得意滿地走了。

陳霖環視周圍，其他人紛紛躲開他的視線，他只能坐下來，重新修改文件。因為這份額外的工作，陳霖當晚不得不加班趕進度，等他做完，拿著公事包準備下班時，卻聽到狹小的走道旁有人在議論他。

「你們說，老王這次是不是做過頭了啊，陳霖當時也是好心幫他。」

「老王確實過分了點，可是陳霖也太驕傲了，不過幫了個忙就想搶功勞，我是老王心裡也不愉快。」

「是啊，陳霖太驕傲了。他有能力沒錯，但他越有能力，不就越顯得我們無能嘛。」

「這麼說我也覺得，和他相處真的很累。」

「很累嗎？」

一個突兀的聲音打斷他們。

「我也很累啊。」

陳霖走到他們面前。

「不認真上班、用公司電話辦自己的私事、能拖一週的工作絕對不用一天完成，和這樣的人一起工作，我也很累。借過。」

他擠開那幾個臉色發白的同事，走出公司大樓。

陳霖和同事的關係徹底跌入低谷。

他上班像是服刑，除了完成必要的工作，從不和人多說一句話。

而因為他的緣故，小組的工作氣氛也越來越僵硬。終於有一天，人事主管來找他。

「為什麼是我？」陳霖問。

「小陳啊。」人事部主任嘆氣，「你的工作能力不錯，比其他人都優秀，也很勤奮，從不偷懶，但是——」

他說，眼睛裡滿是精通世故的算計，「你一個人的效率再高，也比不上一個小組。你現在和整個小組都鬧僵了，在你一個，和他們所有人之中選擇，結果不是很明顯嗎？而且公司最重要的就是良好的工作氣氛，而你……」

「所以你們寧願留下庸碌無為的人，也要保持所謂的良好氣氛？好，我走。」

這是陳霖第二次失敗，也是他印象最深刻的一次。

他終於明白，他之所以不被人接受，不是因為他的能力不夠，而是因為他與這個充滿「規則」的社會格格不入。

「哎呀，聽說陳家兒子被公司開除了，現在整天住家裡啃老呢。」

「那個小夥子當年書不是讀得很好嗎？」

「所以說什麼叫書呆子，這就是啊，一點人情世故都不懂，就知道死讀書。」

「夠了！」

陳霖一把推開窗戶。

「一群八婆！妳們懂個屁啊，滾，快給我滾！」

從雲端跌落泥土，壓抑得太久，陳霖再也忍受不了這些磨人的閒言碎語。

樓下的三姑六婆們錯愕地看著他，卻不願離去，眼中滿是八卦的興奮和看好戲的愉悅。

「就說讀書讀瘋了嘛。」

「關妳們什麼事，都給我滾！」

陳霖歇斯底里地對著空氣揮手，卻無法趕走那些像蒼蠅一樣聚在小巷內的人們。

「霖霖！」

身後傳來餐盤摔落在地的聲音。

陳母紅著眼跑進來，從後面抱住陳霖。

「你和她們生什麼氣，你和她們生什麼氣呢……」她用力抱住自己的兒子，重複著說同一句話，聲音漸漸哽咽。

被那雙瘦小的手抱住，陳霖頓住了。

他轉過身仔細看著自己的母親，才發現白髮不知何時爬上了她的鬢角，皺紋侵蝕了她溫柔的面容。

她老了。

「霖霖。」

陳父站在門外，眼眶微紅。

「又不是什麼大事，咱們再換一份工作就是了。」五十歲男人的聲音早已蒼老。

他的父母都老了。

陳霖突然省悟過來。

而他，這個不成器的兒子，卻不再是他們的驕傲，反而讓他們一次次面對奚落和嘲諷。

想通了這一切，陳霖像是要和世界抗爭的背脊突然折了下來。

「好。」他說，「我再出去找工作。」

陳霖又一次離開家，這次，他像一隻喪家之犬。

喪家之犬面對了一次又一次失敗，終於學會了妥協，也終於能夠融入周圍的「規則」之中。他向父母彙報情況，兩位老人都很欣慰。

「我們也不求賺大錢。」陳父安慰道，「安安穩穩有一份工作，娶妻生子就好了。」

他這麼說，好像那個十年前挺著胸脯說「我兒子一定能光宗耀祖」的男人，已經換了靈魂一樣。

陳霖知道，他們只是都學會了妥協。

他終於安穩下來，在一家辦公面積不到十五坪的公司，日日重複做著枯燥的文書工作。

在這個高樓林立的大都市，他買不起房，買不起車，談不起戀愛，終日像是流浪街頭的喪家之犬，維持著安穩的假象。

深夜，陳霖從夢中驚醒，窗外狂風大作，樹影搖曳，小小的租屋處彷彿隨時會在風雨中傾覆。

我死了會留下什麼呢？

陳霖突然想到。

如果他在此時死去，除了生他養他會為他悲痛的父母，他還能在這世上留下什麼呢？一抔黃土，一縷塵沙。

他死了，和一隻螻蟻沒有什麼兩樣。

我想要青史留名！

當年剛入大學時，那個在課堂上信誓旦旦說出夙願的青年，好像早已死了。

心中空空蕩蕩，脊梁彎得猶如盤蛇，那時的青年的的確確已經死在他心中。

「既然這樣的話，那還不如——」

還不如死了算了。

一瞬間，陳霖腦中閃過這個念頭。

下

一個叫陳霖的男人死去了。

他見識到什麼是屬於死者的世界。

在這裡，沒有人在意你的死活；在這裡，你就是隨時可以取代的零件。

「記住了嗎？」替他引路的老劉道，「你已經死了。」

我已經死了？

陳霖摸著還在跳動的心臟，感受血管中奔流的血液。

這叫死了？

然後他親眼目睹一個不堪忍受的女人跳入不見底的深淵，明明沒有看到血液飛濺，卻彷彿聽見了聲音。

啊，那一刻陳霖終於明白，他們已經死了，卻又沒死。

他們活著，卻再也沒有在世上自由呼吸的資格；他們死了，卻還有著肉體和情感。

陳霖覺得這個狀況很熟悉，和他之前的處境大同小異，因此他適應得很快，更意外地被命為一批新人的小隊長。

在地下世界，陳霖可說是如魚得水。

這裡沒有那麼多門門道道，他們只遵從一個規則——強者為尊。叢林法則，簡單又令人信服。

陳霖所有的不擅長，在這裡都變成了擅長。

他不圓滑，不懂得看人臉色，不喜歡被迫屈服，卻擅長憑自己的本事，爭取自己想要的東西。

從完成第一個任務起，他就有自信可以在這個世界活下去。

那時，他還沒有什麼野心，沒有什麼報負，沒有什麼要顛覆地下世界的大志向。然而，改變在不知不覺間發生。

他有一個叫唐恪辛的室友，明明做著殺人的勾當，卻養著幾隻金魚和一隻烏龜，還喜歡下廚做飯。

唐恪辛身上有太多不像人的特質，似乎知道這一點，他拚命通過其他手段為自己增添一些鮮活氣息。

陳霖知道，每次完成任務回來，唐恪辛總會靜靜蹲在魚缸前看那些游動的魚。他餵魚，他做飯，彷彿總在暗示自己只是個普通人。

然而哪會有這樣殺人不眨眼，活在這個地獄般的世界的普通人呢？

連陳霖都明白的道理，唐恪辛卻不明白。

在一次次目睹蹲在金魚缸前的唐恪辛後，再一次次被逼著嘗他手藝實在一般的料理之後，陳霖終於明白。

唐恪辛，只是想讓自己像個普通人。他想有「活著」的樣子。

一個不知道在地下世界浸淫多久的A級幽靈，想讓自己，有「活著」的樣子。

陳霖第一次受到觸動，就是因為唐恪辛。

後來是許佳，這個跟在他身後喊著「隊長」的小姑娘，就像是一株菟絲子，無人依靠就無法生存下去。

菟絲子卻親自打破了陳霖對她的印象。

這個還保持著天真善良、容易信賴他人的女孩，因為老劉的算計而親眼目睹人間煉獄時，她的崩潰、她的哭泣，她的歇斯底里都在陳霖預料之中。

因為一點點的不忍，因為微不足道的良心，陳霖向陷入黑暗的女孩伸出了援手。

那時他想，哪怕只能幫助到一個人，哪怕就只能幫助這一個，也足夠了。

他真的不願意再見到誰縱身躍入深不見底的黑暗中，屍骨不留。

對著許佳那雙黯淡無光的眼睛，陳霖第一次，半真半假地說出了他的心願。

「妳願意和我一起重回地表嗎？」

那一刻，許佳原本灰暗的眼神亮了，好像在絕望中抓到一根麥稈。即便渺小，卻足以使她不再淪陷。

「想，當然想！」

女孩眼中爆發出的希望，幾乎燙傷陳霖的眼睛。

許佳的表現出乎意料，她完成了一次次訓練，沒有和地下世界的大多數幽靈一樣淪為行屍走肉，而是有了自己的身分，掌握了一項能力，足以在這個世界立足。

女孩像是考試拿到高分一樣得意地來找他，神采飛揚地說：「隊長！我完成替身組的訓練，終於不用拖你後腿啦！」她高興地朝他眨眼睛。

那個瞬間，陳霖真實地感覺到，給予別人希望的感覺，原來是這樣……快樂。

再之後，是盧凱文。

這個直率、純真、樂於助人的年輕人，即便在這個漆黑的地下世界，也像是一團張揚的烈火，點燃了周圍的所有人。

「可我總覺得，總得再多做些什麼，再多做些什麼，才像是活著真正該有的樣子。」

活著的樣子？

殺人如麻，拚命假裝自己是個普通人的唐恪辛；

生性膽小，為了一個縹緲希望努力掙扎的許佳；

從不放棄，將別人的性命視作自己性命的盧凱文。

這些人，一點一點教會了陳霖，什麼才叫做——活著的樣子。

想明白後，之前所有的負擔，所有的掙扎，都如風散去。陳霖突然意識到，或許自己從來沒有真正地活過。

二十歲之前的他，活在父母的期許下，活在他人讚許的目光下，是個傲視他人的優等生，根本不懂得體諒與理解；二十歲之後的他，活在現實與理想的挫折中，活在自尊與自卑的較量中，是個不折不扣的失敗者，被磨去了一身傲骨還憤世嫉俗。

卻從來沒有真正活過。

如果給他重活一次的機會，重來一次的機會，陳霖有信心，可以做出完全不同的選擇。

既不向現實妥協，也不一味自怨自艾。

他知道，一定還有其他正確的選擇，被之前的他忽視了無數次。

唐恪辛教會他在黑暗中堅持，許佳教會他在絕境中樂觀，盧凱文教會他在困境中對別人施以援手。

多可惜啊。

陳霖想，如果是現在的我，一定會活得和以前不一樣。

多想重來一次。

他這麼想著，突然笑了。

現在下定決心，也不晚啊。

一個叫陳霖的男人死去了。

他決定活過來。

——番外〈一個叫陳霖的男人死去了〉完

高寶書版集團
gobooks.com.tw

輕世代 FW238

死而復生03

作　　者　YY的劣跡
繪　　者　生鮮P
編　　輯　林紓平
校　　對　林思妤
美術編輯　邱筱婷
排　　版　彭立瑋
企　　劃　姚懿庭

發 行 人　朱凱蕾
出　　版　英屬維京群島商高寶國際有限公司臺灣分公司
　　　　　Global Group Holdings, Ltd.
地　　址　臺北市內湖區洲子街88號3樓
網　　址　www.gobooks.com.tw
電　　話　(02) 27992788
電　　郵　readers@gobooks.com.tw（讀者服務部）
　　　　　pr@gobooks.com.tw（公關諮詢部）
傳　　真　出版部　(02) 27990909　行銷部 (02) 27993088
郵政劃撥　50404557
戶　　名　三日月書版股份有限公司
發　　行　三日月書版股份有限公司/Printed in Taiwan
初版日期　2017年7月
四刷日期　2020年7月

國家圖書館出版品預行編目(CIP)資料

死而復生 / YY的劣跡著.-- 初版. -- 臺北市：高寶國際, 2017.07-
冊；　公分. --

ISBN 978-986-361-417-3(第3冊：平裝)

857.7　　106007902

三日月書版

三日月書版

GOBOOKS
& SITAK
GROUP©

GOBOOKS
& SITAK
GROUP©